旅途愉快

李乃庆 著

河南文艺出版社
·郑州·

图书在版编目（CIP）数据

旅途愉快/李乃庆著. —郑州:河南文艺出版社,
2020.6（2021.1 重印）
（文鼎中原）
ISBN 978-7-5559-0997-2

Ⅰ.①旅…　Ⅱ.①李…　Ⅲ.①中篇小说-小说集-
中国-当代　Ⅳ.①I247.5

中国版本图书馆 CIP 数据核字（2020）第 072930 号

策　　划　李　勇
责任编辑　贾占闯
书籍设计　胡晓宁
责任校对　陈　炜
丛书统筹　李勇军

出版发行　河南文艺出版社
本社地址　郑州市郑东新区祥盛街 27 号 C 座 5 楼
邮政编码　450018
承印单位　河南新华印刷集团有限公司
经销单位　新华书店
纸张规格　890 毫米×1240 毫米　1/32
印　　张　8.375
字　　数　165 000
版　　次　2020 年 6 月第 1 版
印　　次　2021 年 1 月第 2 次印刷
定　　价　35.00 元

编委会

目　　录

双　　规

　　"双规"一词出自《中国共产党纪律检查机关案件检查工作条例》第二十八条第三款"要求有关人员在规定的时间、地点就案件所涉及的问题作出说明"。又称"两规""两指"，是中共纪律检查机关和政府行政监察机关所采取的一种特殊调查手段。

——题记

一

　　第一明喜欢一边吃饭，一边看中央电视台的新闻。领导干部看电视都喜欢看新闻，都十分关注中央的"动向"。保姆了解他，在把饭菜端到饭桌上的时候也打开了电视，并选定了新闻频道。第一明坐到饭桌前看着电视，刚刚一手捏个馒头，一手拿起筷子，忽然手机响了。他放下筷子从口袋里掏出手机，一看号码，不觉间怔了一下，立即按下接听键："我是第一明……"说着离开饭桌，走进自己的卧室，关上了门。

对方没有客套，说："你是不是该外出考察学习了？"

第一明感到可笑：夏书记啊夏书记，我考察回来才没几天，都向你汇报了，你怎么就不记得？他刚要重新汇报一次，忽然脸色就白了，立即改口说："是、是……我明白了。夏书记您还有什么安排？"

他说话间，那边夏书记已经挂机了，由于紧张，他居然没听到夏书记挂机的声音。

第一明什么也没想，也顾不上多想，立即拨通了司机的电话："现在就开车到我家来。"挂了电话，他立即又打了过去说："多带些钱……车上就有几千块钱？都带上，饭也不要吃了，路上再吃。"

第一明说着，立即从柜子里提出出差常带的黑色韩版男士公文包，面色凝重地走出卧室，往饭桌边扫了一眼孩子、老婆，边走边说：

"我有事要出去一下，需要的时候我给你们打电话。"

妻子一脸茫然地问："不把饭吃完？"

"不吃了。"

"去哪里？得多长时间？"

第一明扭头瞪了她一眼，没说话。妻子明白了，也不敢再问。妻子已经习惯了，不仅不再问，看也不敢再看他，索然无味地吃她的饭。

第一明的住宅是一栋别墅。他走到大门口，不一会儿司机就开着车到了。车一停，司机立即下车接过他的包，给他拉开车门。他左腿往里一迈，坐上车，扫了一眼他的别墅，嘭地关上了车门。司机小跑步地从车前绕到驾驶座，上了车，立即发动了车。司机一边开车，一边往后看了他一眼。他面无表情，稍微停顿了一下说："先出城。"

这是一辆奥迪车，车的底盘重，开起来很稳，车轮碾轧着路面发出 沙沙的声响，路面有一半个小坑什么的，也感觉不到颠簸。发动机几乎听不到响声，但被车轮碾轧而蹦出的石子惊飞了在路边寻食的几只鸟儿。那几只鸟儿飞到树上"啾啾"地说了一阵什么，惊愕地看了他的车好一阵，这才飞到别的地方。到了城外，司机又看了他一眼，他却没说话。司机不得不问："第县长，咱们去……"

"先到加油站。"

司机已经习惯了，从不问为什么。到了加油站，司机又疑问地看看他。他说："把油箱加满。"

车上午刚刚加过油，才跑了几十公里，油箱还满着呢。司机心里这样说，却没有吱声。奥迪车的发动需有钥匙，他四肢的发动则只要第县长的一句话，这是机械化、程序化了的。油箱基本是满的，很快就加满了。司机上了车，不免又看了他一眼，意思是问他去哪里。第一明回应他一眼说："随便。"

随便？怎么个随便法？往东、往西？往南、往北？他从来没有自己支配过自己，给他权力的时候，竟找不到北了。

司机第一次遇到这种情况，也不敢多问，犹豫了一会儿这才加速。既然是随便，他就一直开，很快就上了京广高速公路。司机开了一段路程，想看看他的反应，是不是能安排一下去哪里。但是，从后视镜里看到他靠着靠背眯着眼，好像是睡着了，于是就继续往前开。

第一明没有睡着，他怎么睡得着？他这是给司机看的，无论多大的事，表面上都不能让其他人轻易看出来。此刻，他的脑子里在翻江倒海：曾经有人告他的经济问题、贿选问题、包养情妇问题……这些都已经调查过，结案了，没问题，怎么又起波澜？是谁告的？还是本身就没有摆平？领导告诉他没事了，是用的缓兵之计，意在稳住他？纪检部门能掌握我什么证据？能从什么地方找到证据？仅从告状信中提供的材料？那些材料反映的东西我早有准备，早已给化解得天衣无缝。有人告状，不就是因为我得罪了一些人吗？当领导的有不得罪人的吗？

他刚平静了一会儿，心里又翻滚起来：难道又有人反映其他方面的问题？纪检部门又掌握了新的证据？如今，夏书记既然告诉自己外出"考察"，可见事情已经严重，很可能是上级纪检部门插手了。夏书记作为主管政法的市委副书记得知了这一消息，但他可能已经左右不了了。目前在高层能有这么一个领导罩着，给个信息已经很难得了，不然，自己还在家里傻乐呵呢，或者是在大会上义正词严、口若悬河地作报告呢。事实再一次证明，想做官，没有后台是不行啊！

　　　　　　　　　　旅途愉快

可是，这次是哪个机关在办自己的案子？是检察机关，还是纪检委？夏书记啊，你怎么不多提供点信息？就那么一句话，就挂机了，是真查，还是一般询问？你让我怎么应对？我现在怎么办？去哪里？想到这里，他不免对自己有这一想法而自责：上级领导能给你说那么清楚吗？领导的话都是很艺术的，都是含而不露的，一不能多说，二不能说得太直白，都是让你来"悟"，何况是这种情况。什么是领导？这就是领导，在这个时候能给你一句话就已经很难得了，按党内的规定，已经是违反原则了，自己居然还有非分要求，怎么能去怪罪夏书记呢？

他已经习惯了官场上的揣摩、猜测、疑惑、悟，他也经常让别人揣摩、猜测、疑惑、悟，他感到很累，也累别人。他讨厌这些，也常常制造这些。这是职业性的，习惯性的，只要在官场，你就得这样，每时每刻都得这样，不然，就会大意失荆州，就会被别人暗算，甚至别人把你卖了你还帮别人数钱呢。官场上表面都是亲兄弟，背后都是角逐对手。面上是给别人看的，背后是藏在心里，人心叵测，所以要靠自己的悟性。如今官做大了，地位高了，怎么运气反而"背"了呢？怎么老是有人告状呢？现在自己已经处在危险境地，怎么才能化险为夷？此时，他脑子里很乱，不知道怎么办，之所以一开始就让司机随便开，也是一时情急不知道去哪里，而是先离开县城再说。不想这些了，可是，脑子里反反复复出现的都是这些：官场就是赌场，稍一粗心大意就会输。在官场也是走钢丝，稍不谨慎就会栽下去。这次无论是不是有重大险情，要有备无患，先不被限制人身自由再说。如果被限制了人身自由，就没有一点回旋的余地了。不少干部被双规，事前什么消息都没有，忽然，领导一个电话，说是到什么地方开会，到了这个地方，就没有人身自由了。无论是真有"事"，还是假有"事"，自己现在先走出"网"外，有时间思考和应对再说。如果没什么伤筋动骨的事，或者是虚惊一场，出来走走未尝不是好事。很快，他释然了，心里轻松了许多。

过了一会儿，心里不由得又嘀咕起来：这次无论有事没事，都要十分感谢夏书记，说明夏书记在关心着自己。他既然这样提醒自己，或大或小，总是有点"情况"，自己必须高度警惕。现在警惕，以后也要时时警惕。通过他的提醒，说明自己的背后并不平静，甚至是暗藏杀机。不是他提醒，自己怎么能意识到这些？怎么能思考这么深？想到这里，他想起第一次见夏书记时的情景：那时候他还是建设局局长，夏书记来清源县检查工作，看到清源县城市建设很有特色，特别提出要见见建设局局长，他有幸见上了夏书记。夏书记听到别人介绍他姓"第一"的时候，惊奇地说："你姓第一？有这个姓？"他笑着说："怎么没有，不然我怎么姓第一？"夏书记感到很新奇，问他："你知道这个姓的来历吗？"为了让夏书记记住他，给夏书记一个好印象，他忙说："这个姓出自田姓。田姓出自陈姓，陈姓的发源地在河南省淮阳县。周朝的时候，淮阳为陈国，国君为胡公满。到胡公满十世孙陈完时，

　　　　　　　　　　　　旅途愉快

由于内乱，陈完便逃到了齐国。陈完为人谦逊有礼，一向很有贤名，齐桓公很赏识他，就任命他做了一个管理工匠的官，并封了他田地。陈完子孙就以采地为氏，称为田姓。后来田氏代齐，做了齐国的国君。春秋末陈国被楚国灭掉。秦始皇统一六国建立秦朝，仅十五年就被刘邦建立的汉朝所取代。刘邦为了消灭各地豪强的残余势力，把战国时的齐、楚、燕、韩、赵、魏六国国王的后裔和豪族名门共十万多人，都迁徙到关中房陵一带定居。在迁徙原齐国田姓贵族时，因族大人众，就改变了原来的姓氏，以次第相区别，首迁者为第一门，称第一氏。田广之孙田登随后相迁，为第二门，称第二氏。田广之孙田癸为第三氏，依次类推。第一至第八既是排序，也是姓。后来大多都改为单姓'第'，现在保留复姓的很少。"

夏书记听了，笑道："你还没改，你永远是第一啊！"夏书记说完，忽然又问他："你为什么不叫第一名，而叫第一明？"他说："是我小学的老师给起的名。老师说，希望我将来有所作为，能做一个像日月一样明亮，能为百姓做事的好官。"夏书记对他的话很满意，从此对他非常关照。

他正回忆着，忽然车停了。他心里一个激灵，睁开了眼睛：怎么停下来了？难道……他正想着是否弃车而逃时，发现是前面撞车了。几辆货车和轿车相撞、追尾，高速交警在指挥交通，事故抢险车在吊开撞在一起的车辆。看到这里，他不由得长长地松了一口气。他的车走不了了，无奈，只有等。

看到事故车辆，他忽然有所悟：夏书记让自己外出"考察"，是不是因为不久前发生在清源县一个工厂的爆炸事故？事故炸死30多人，他们只往上报了7人，瞒报23人。按事故责任追究制度，死10人，不仅主管副县长要受处分、要免职，市主管领导也要受处分，或者免职。死亡29人，省有关领导也要受处分。这事当时已经摆平了，由于死人太多，知情人太多，对领导干部来说，始终是个隐患。这次是否有人告状，上级又来人调查？这个时候他回避调查，让别人去应付，让调查人员弄不清楚，或许就糊弄过去了。只要不是拔出萝卜带出泥，什么都好办，无非是多花些钱，到上面"协调协调"。事故初发时不是给调查人员送了红包，给记者拿了"封口费"，都摆平了吗？

为了缓解一下情绪，他走下车，站在路边，若无其事地扩了一下胸，舒缓了一下，忍不住把目光投向一望无际的田野。当他的目光左转时，看到了不远处的那个小村庄，居然愣住了：村头有一条弯弯的小河，小河边有一棵大大的皂角树，皂角树附近有一座高高的寺庙……这不是自己的老家吗？这不是自己那个叫第一门的村庄吗？他的祖籍并不在这里，清朝末年他的祖上逃荒要饭到了这里，被这里的老百姓收留并定居。因为他们的姓比较好，新中国成立后，当地几个威望高的老人一商量，就以他们的姓为村名，改成了"第一门村"，就是希望他们这个村多出"第一"，如最大的科学家、最大的官、最大的慈善家……反正只要是好的人和事，都要出第一。目前，他虽然不是乡亲们祈望的最大的官，却是这个村出来的最大的官。他当上了乡长的时候，全村人凑钱放电影庆贺；当上书记、局长、副县长的时候，家家放鞭炮，没有不庆贺的。逢年过节都要来人给他送家乡的特产。那个叫张老盼的老大爷和叫赵桂花的老妈妈，每逢新的农产品下来，像第一次下架的黄瓜，第一次摘下的豆角，第一茬韭菜……甚至他喜欢吃的野生"香姑娘"、桑树上结的桑葚子、楮树上结的"楮葡萄"都给送。他们来了没什么要求，就是让他多给乡亲们长脸。忽然，村子里有喇叭响起一首叫《乡下亲戚》的歌："乡下亲戚来到城里，背着几斤绿豆，还有几斤小米，走进家门就是不肯坐下，说怕弄脏我的豪华沙发高档茶几……"他扫了一眼司机，忽然火了：我让你随便开，是让你远离我们县，不是让你开到位于本县的我的老家！你跟随我这么多年，连这个也看不出来？就在他转身要对司机训斥的时候，忽然想起自己的那个村庄附近没有高速公路，这个村庄不是他出生的那个村庄。

看着那如同自己村庄的村庄，听着那令人抚今追昔的歌曲，他不由得追想起家乡那纯朴的农民和纯朴的亲戚。这首歌怎么就像写自己的啊？那个偷吃树上果子的事，怎么就像他当年在张老盼的家一样啊？那个走进家门就是不肯坐下的人，怎么像他幼年时的奶妈赵桂花呀？"虽说城里人生活富了，可没有勤劳的乡下，哪有富裕的城里？"说得多好啊！换句话说，现在我虽然当了官，如果没有我勤劳的父母和乡亲，没有他们的抚养和鼓励，我能走到今天吗？

他从农村走了出来，入了党，走上了领导岗位，从一般干部到副乡长、乡长、书记、建设局长，到今天的县委常委、副县长，不仅没有给家乡做多少实事，没有给乡亲们长脸，反而走到了今天这个地步！现在有权了，怎么没有做一般干部的时候那种工作激情了呢？怎么走到了风声鹤唳、四面楚歌、惶惶不可终日的境地？为什么每日都处在相互猜忌、钩心斗角、尔虞我诈、欺上瞒下的斗争中呢？

　　交通疏通了，司机招呼他上了车。车启动后，司机忍不住又看他一眼，想问他到底去哪里。他明白司机的意思，什么也没说，扬起右手，向前一摆，算是回答。司机明白，继续向前。时速是120公里，不高也不低，是高速路指示牌上规定的轿车的标准速度。第一明只睁着眼一小会儿，很不经意地看了一眼路边的风景，又闭上了眼睛。几个小时后，第一明被一阵车喇叭声给叫醒了。他问司机："到哪儿了？"

　　司机说："到郑州了。"

　　第一明潜意识中忽然出现一个念头：爆炸事故不能小视，瞒报是要追究渎职罪的。现在不是前些年了，老百姓的法律意识强了，信息传递也快了，什么网站、微博、短信、QQ……过去电台、电视、报纸不报道，谁也得不到什么消息，现在谁能阻止得了这些现代化的信息工具？过去是防火、防盗、防记者，现在人人都可能是记者，都可以通过自己的手机、电脑发新闻！这次"考察"，很可能是这个安全事故的事，必须抓紧协调，不然就会被动。于是，他对司机说："找个有公用电话的地方停下来，用公用电话给办公室主任打个电话，让他和会计一块儿送 50 万元钱来。"

司机心中不由得生疑：手机多方便，为什么……他虽然疑问，却立即答应说："好。"并很快在一个电话亭前停了下来。

第一明说的办公室主任是建设局的办公室主任，是他的一个亲戚。他现在虽然是副县长了，但还兼着建设局长，他私下的重大开支还都是从建设局支出。虽然他能让县政府办公室主任来，县政府办公室财务上每天都有上百万的现金等领导应急，但毕竟要办公室、财务室几个人知道，保密性不强。司机下车走向电话亭的时候，第一明又叫住了他。司机回来趴到车窗前，等第一明指示。第一明说："现在不告诉他具体地址，让他们到了郑州，等电话。"

司机又答应了一声"好"，走向电话亭。

不一会儿，司机返回车前，拉开车门坐上车说："会计说，保险柜里只有30万了，现在银行已经下班，50万必须等到明天。"

第一明皱了一下眉，说："30万就30万吧，让他们现在就来，不能告诉任何人是来郑州，夜里必须赶到。"

司机下车又走向电话亭。不一会儿，司机回来说："他们说这就出发。"

第一明没接他的话茬，说："不进市里，就在郊区找个宾馆住下。"

他们开着车不一会儿就找到了香格里拉酒店，虽然不大，不是很豪华，但很干净，很僻静，紧靠交通要道，非常便利。司机办理好入住手续，把房卡递给他说："您住606套房，我住您对面的605。"

第一明迟疑了一下说："你先住下吧，把房间电话告诉我，哪儿也不要去，就在房间。我出去走走。估计他们要到的时候你用公用电话给他们联系。他们到了，钱你先收着，让他们立即返回。"说罢，提着他的公文包下了车。

司机答应着，把房间电话写到纸上，递给第一明，自己进了酒店大厅。第一明见他进去了，拦了一辆出租车，上了车。出租车司机问："先生去哪里？"

他面无表情地说："找个招待所。"

司机看着他的派头，不解地望了一眼，也没说什么，立即发动了车。10分钟后，出租车在一个叫小洞天的招待所门前停下。这招待所门面不大，四层，门上方的广告牌已经很破旧，一看就知道是一家私人小招待所。第一明下了车，立即进去。

四个小时后，第一明到一个公用电话亭给司机打了个电话，问办公室主任和会计什么时候到。司机说已经到了，放下钱就走了。他惊讶地问司机，他们怎么那么快？司机说他们的车速一直在160迈以上。第一明说："好，我知道了，你休息吧。"

第二天天一亮，第一明给司机打电话，让他退房，到东风路和前进路交叉口一家叫"又一村"的饭馆前接他。

司机开着车很快到了"又一村"饭馆前。第一明在"又一村"饭馆对面的一家小卖部里往周围和车前看了一阵，没发现有什么异常情况，这才走到车前。第一明上了车，司机忍不住询问地望了他一眼：我们去哪里？第一明心中嘀咕道：想来想去，如果有"不测风云"，就是事故瞒报问题，现在带钱，抓紧到省里，再到北京有关部门活动活动、协调协调，不会有大问题。既然到了郑州，不妨到淮阳去一趟。山西五台山、浙江普陀山、四川峨眉山、安徽九华山，汝南县南海禅寺、韶关南华寺、洛阳白马寺、扶风县法门寺、湟中县塔尔寺、恒山悬空寺……无论是佛教圣地还是道教圣地，他都去过。无论是佛教中的菩萨，还是道教中的神，他都拜过。他听一个经常到淮阳太昊陵烧香的朋友说过，那个地方香火很旺，什么地方都没有太昊陵灵验，无论有什么事，到那里一祈祷就能化险为夷，逢凶化吉。他想去那里很久了，由于距离较远，也是很多事缠身，没有去成，今天恰好到了这里，距太昊陵只有200多公里，为什么不去那个很久就想去烧香的地方呢？找上面的关系很重要，但是，也不能在一棵树上吊死，还是多方面努力为好，于是说："去淮阳。"

司机犹豫了一下，忙去看交通图。第一明忍不住说："河南的淮阳你不知道？就是戏剧《包公下陈州》里的那个陈州。在郑州的东南，属周口市。"

司机说："知道，我是看路线怎么走。"

第一明沉了一下脸说："车上不是有卫星导航仪吗？"

司机尴尬地一笑说："忘了。"他没有说是因心里紧张造成的。

第一明没再说什么，又闭上眼睛靠在了靠背上。

二

两个小时后，第一明到了高速路淮阳出口。他们在收费站缴了过路费，出了站口，忽然有几个人拦住了他的车。这几个人的穿着既不是路政人员的服装，也不是交通警察的服装，都是便衣。有个年龄四十多岁的人，高高的个子，宽宽的肩膀，虽然着的是休闲装，却气宇轩昂。他的身边有一个二十六七岁的年轻人，瘦瘦的，戴着眼镜，着的是西装，样子很威严，又不是霸道的气势。另外还有两个人，都是谦恭中透出凛然之气，没有一个像劫匪或者无赖。听说淮阳这个地方文化很厚重，热情好客，社会稳定，没有拦路抢劫的事情发生过，更何况是在高速路出口？在这个地方有谁会拦他的车？是外地来淮阳旅游的游客想问路？不会，那样可以问收费站的人。同时，尽管他在车上睡着了，但司机不会超速行驶，不会长期占用超车道，也不会占用应急车道，路上也不会有什么违章的地方，司机开车向来谨慎，从没有发生过什么违章的事情，他不怀疑他的车有什么问题。这些拦车的人到底是什么人？正在他疑惑的时候，几个人同时来到车窗前，那神情没有一点商量的余地："不要再前行，立即下车！"

第一明打开车窗，愤怒地说："你们是什么人？要干什么？"

四十多岁的人掏出工作证，声音很平静地说："你是清源县副县长第一明吧？我们是省纪律检查委员会的，我叫赵岩。"说着又指了一下那年轻人："他叫李军锋。"然后说："有重大事件需要你配合调查，请下车。"

第一明心里极为震惊，但还是装着很淡定的样子，接过他的工作证，认真地看了看。他坚信他的工作证是真的，也不怀疑他是省纪律检查委员会的。但是，他并没有下车，而是说："现在作假的人和事太多了，我怎么会相信你们？你们怎么会在这里？"

赵岩笑笑说："你的怀疑可以理解。为了解除你的疑虑，你现在可以给省纪检委打个电话，纪检委的廉政举报电话你应该知道吧？如果不知道我现在可以告诉你，或者给你们市委夏书记打个电话，他的电话你知道吧？"

第一明心里非常清楚，他不需要打电话，也不敢打，怎么可以给夏书记打电话？给夏书记打电话不是把他和夏书记的关系也暴露了？他很快换上笑脸，尽管那笑比哭还难看，说："你们这样说我相信你们。"于是边下车边说："就在这附近说可以吧？只要是我知道的，一定会毫无保留地给组织汇报。我大老远来这里考察很不容易的，请领导理解。"

赵岩微微一笑："你做领导干部那么多年了，你认为在这个地方给上级组织汇报工作合适吗？"

第一明红了脸，尴尬而又明知故问地说："在车上？"

赵岩再次笑笑："领导干部就是领导干部……"

第一明上了他们的车。李军锋关上车门说："刚才照顾你的面子，没有当着你的司机告诉你……"

第一明的脸唰地白了，他知道李军锋话里的话，尽管他早已意识到问题的严重性，但依然心存侥幸和希望，此刻他意识到了这句貌似轻描淡写的话的背后是什么。没等他说什么，李军锋就出示证明说："你已经被双规，请跟我们走。让司机跟着。"

第一明感到浑身都软了，嘴唇也像被粘住了似的，什么也说不出来。他记不清赵岩说了什么，他的手机就交到了赵岩的手上。司机的手机也交了过来。

这是一辆商务车，可坐七个人。第一明被安排坐在中间。和犯人不一样的地方仅仅是没有戴手铐，车不是警车，但处境没有多少区别——押向被限制自由的目的地。面对这突然的变故，第一明脸色苍白，没有了一点儿血色，双手和双腿一直不停地抖。过了大约一个小时，他的情绪稍微好转了一点儿。他把目光投向赵岩，赵岩视而不见。他把目光投向李军锋，李军锋回敬他的目光如一把锋利的刀子。

第一明最后忍不住说："为什么双规我？我有什么违纪的地方？"

李军锋的那把刀子闪了一下亮光，说："你应该问你自己！"

第一明被那亮光闪得头晕，他稳了稳神说："你们是不是搞错了？"

赵岩打断他说："有你说话的时候，别心急！"

第一明再也不敢说什么。他意识到自己已经没有说话的自由——让你说的时候你才能说，而且必须说；不让你说的时候，必须把嘴闭上。

车上静了，可以清晰地听到车轮碾轧路面的声音。那声音本来很小，此时却如隆隆的雷声一样震耳。赵岩和李军锋等人的双手环在胸前，闭上眼睛，好像都睡着了。往常在车上，他也是这样，可是，现在他却双手抱着夹在两腿间，怎么也闭不上眼睛。

第一明记不清他们的车是什么时候开始行驶的，也不知道在路上走了多长时间，他随着纪检委的领导回到了本省，最后来到了一个仅有几栋两层楼、门口没有挂牌的小院。下了车，第一明被带到了中间的那幢楼最东边的一间屋子里。屋子里的陈设像个招待所。第一明虽然没有被双规过，当然，一个领导干部不可能被双规几次，但他曾经听说过双规方面的情况。对于双规地点的选择，需僻静，外界人员来往少，吃住比较方便。招待所、宾馆、培训中心、军事基地等不一而足。房间虽然从住宿方面看像个招待所，被褥、卫生间一样不少，但没有电话、日历、钟表等可以通信和知道时间的东西，牙具也没有。擦脸的毛巾也从白色变成灰白色了。

赵岩说："你就住在这里。马上会有人给你送饭。等你吃了饭，我们就开始工作。"赵岩说完便和李军锋走了出去。

不一会儿，有人送饭来了，随着来的还有两个人。送来的饭在一个托盘里，一碟咸菜，一个小馒头，一小碗稀粥。第一明看到这饭，心里很窝火，我一个县级干部，就让我吃这样的饭？但是，他的火没有敢发出来。他不吃，以示不满。他一说不吃，工作人员立即就端走了。

同来的那两个人也不劝他，只是头上一句脚下一句、不着边际地和他"闲聊"，他一头雾水，不知道说的是什么。

过了不长时间，又来了一个人，把他带到了隔壁的一间屋子，这是一间办公室，赵岩和李军锋端坐在办公桌前。屋子里只剩他们三个人的时候，赵岩说："我叫赵岩，是你案件调查组的组长。这位叫李军锋，副组长。"

第一明灰着脸说："请领导多批评，多关照。"

赵岩严肃地说："在这里没有批评、关照，你要做的是接受调查。"

第一明红着脸说："是，是……"

赵岩说："你是否还在疑问我们为什么会在淮阳截住你？现在我告诉你，一个领导干部一旦被确定双规，他的所有通信工具都已经被监控和录音，他的手机无论用不用，只要在他身上，都有卫星定位，就知道他在哪里。它在车上，我们就可根据它位置的变化，知道手机持有人行动的方向。只是我们现在还不明白，为什么我们上午接到对你实行双规的决定，你下午就出了清源县城？"

第一明反应很快，说："巧合了，世间巧合的事很多。"

　　　　　　　　　　　　旅途愉快

他脑门上不觉间冒出了细细的汗珠：太感谢夏书记了，无论如何不能把夏书记给出卖了。此刻，他后悔自己太自信，以为不会有大事。更后悔自己当时还带着手机，虽然当时已意识到不能通话，但只想着赶紧离开家，就什么也没安排，也没有把手机扔掉。顾此失彼，葬送了自己——不，事到如今一定要稳住阵脚，否则，一切都完了。

赵岩说："可能吧。我们先不讨论这个问题了。既然组织已确定对你实行双规，我这里不得不先给你解释一下什么是双规，为什么实行双规。过去，我国可以长时间拘留审查疑犯。但是后来规定扣留不能超过24小时。对于一些党政官员来说，如果24小时一到就放人，他们就可以串联同谋，销毁证据。因此，国家通过双规来弥补这个漏洞，对于共产党官员，要求他们在规定的时间、地点就案件所涉及的问题作出说明。你必须明白的是，纪检监察机关不会随意对调查对象采取双规措施，只能对已掌握违纪事实及证据，具备给予纪律处分的涉嫌违纪党员或行政监察对象使用。"

第一明马上说："一定是有人诬告，或者提供假证据。请组织上放心，我绝对没有做违纪的事。"

赵岩笑道："那更好，你积极配合，调查清楚，还你一个清白，不是更好吗？不然，为什么要求在规定的时间、地点就案件所涉及的问题作出说明？"

李军锋说："我们党对犯错误同志的一贯方针是惩前毖后，治病救人。走向犯罪了，坦白从宽，抗拒从严。这些你是清楚的，我不需要重复了。但你要明白，组织上不会冤枉一个好干部，也不会放过一个违反党纪的干部。"

听了他的话，第一明心里很反感：你一个才出校门的毛孩子，居然也这般没大没小地对我训话，他忍不住说："看你年龄跟我儿子大小差不多，这么年轻就走上了重要岗位，将来……"

李军锋忽然正色道："第一明，在这里你已经不是什么副县长，而是我的调查对象，我现在是代表组织对你进行调查！"

第一明蓦然怔住，立即哑了口。

赵岩说："他是政法大学毕业的博士生，是纪检委从几千名应试者中公开招聘的最优秀者。李军锋已经给你说得很清楚了，你正在接受组织的调查，应该明白怎么做！我们党不希望哪一个党员干部违反党的纪律，但是，就有那么一些干部，丢失党性，背离党的宗旨，走向违纪和犯罪的道路。"

第一明低下了头。

赵岩说："一个党员干部违纪或犯罪，给党的形象造成多大的损害先不说，你知道每双规一名干部，查清事实，要付出多大的代价吗？查处一名部级干部，要从全国抽调有办案经验的人，参与办案人员多的要上千人。一个厅级干部要从全省甚至全国抽调有办案经验的人，也要五六百人。一个处级干部要从全省抽调有办案经验的人，也要三四百人。为什么需要这么多人？需经过案件线索管理、初步核实、立案审批、调查取证、案件审理、处分执行、被调查人的申述、案件监

　　　　　　　　　　　　　　旅途愉快

督管理八道程序。但上述程序只是案件的普通程序，情况紧急时，也可能略去前面环节，直接立案，组建专案组进行调查。有的地方甚至在特殊情况下会先调查，后立案。要查被双规者工作过的地方的账目、取证当事人，需要多少人参与？双规期间，医生、护理等医疗保障人员和公安、武警等安全保障人员，你知道需要多少？还要出动多少车辆和司机？就你被限制在这里，最少要有六到九人分早、中、晚三班24小时全程陪护。夜间你可以睡觉，而陪护人员却不能睡觉，门外要有人站岗值班，也是三班倒。办案人员、材料组、监控室……一个重大复杂案件如果同时双规多人，仅陪护人员往往就多达上百人。你算一下，双规一个干部将耗费多少纳税人的钱？要影响多少人的正常工作，有多少人放弃节假日，放弃与家人团聚……"

第一明听着，惊讶地抬起了头，还没有听完，就忍不住把头又低了下去。

赵岩说："一名党培养多年的干部，吃着俸禄，不遵守党的纪律，犯错误了，这么多人为你忙碌，来挽救你，还不交代自己的错误事实，你对得起党和人民吗？"

第一明抬起头说："只要有违纪的地方我一定会交代，只是，我没有感到有什么地方违纪了……"

赵岩说："真是这样，我们巴不得，你回去还当你的副县长，我们也回家和亲人团聚，干其他工作。"

李军锋说："你说没问题就先不说问题，谈谈你的个人经历可以吧？"

第一明不解，迟疑了半天说："档案上都有，组织上会不清楚？"

李军锋冷色说："现在不是提拔你，不看档案，就想听你说，换句话说就是交代，明白吗？"

赵岩说："按你的级别，你的问题应该是你们市纪律检查委员会来查办，现在是省纪律检查委员会来查办，你应该明白点什么！"

第一明又一次低下头来，他自己也不知道此刻为什么会低下头来。

李军锋说："你说没问题，就先说说你的经历，等于向我们介绍你的情况。"

他出生在第一门村，那是一个贫困的小村庄。他很小的时候母亲就去世了，是父亲一手把他拉扯大的，全村人的接济才使他从小学一直读到大学毕业。他读的是农业大学，由于这个时候基层人才匮乏，他毕业后就被安排在乡政府工作了。他不忘这片养育他的热土，拼命工作，用他的知识，为农业增产作出了很大贡献。为了让老百姓富起来，他日夜泡在乡下，指导农民搞大棚蔬菜、种植果树、科学养殖……有一年遭遇水灾，他几天不回家，坚持在抗洪第一线，累倒在第一线。老百姓给他送的锦旗挂满了他的办公室，他的事迹上了报纸、电视。没几年时间就被提拔为副乡长，不久又被提拔为乡长、书记。他勤勤恳恳、任劳任怨，在乡党委书记的位置上一干就是十年……想到这里，第一明忍不住说："我说的这些政绩你们可以了解，我在老百姓中的口碑你们可以去访问。"

赵岩说："你的成绩曾经很大，口碑很好，直到我们去调查你的时候，依然听到不少赞美之声。"

"那组织上为什么要对我双规？"

"此时你应该反思。"

"我反思了，我没什么大问题，甚至那些所谓的问题就不是问题。"

"都有些什么不是问题的问题？"

第一明哑口了，后悔自己多说了那么一句。

赵岩忽然板起面孔说："你曾经有着很好的政绩，很好的口碑，我相信。但是，我要说，哪一个领导干部没有作出成绩？没有贡献？这些成绩和贡献是我们党的领导干部必须做的，是分内事。难道我们党的领导干部有了成绩，就可以背离党的宗旨吗？就可以违纪和犯罪吗？"

第一明红了脸，意识到不交代一点是不行了，于是说："不能说一点违纪现象没有。"

赵岩和李军锋几乎同时说："说吧。"

第一明吞吞吐吐半天，终于说："受过贿，每年中秋节、春节……各单位都送礼品。"

"有过现金没有？"

"有过，像父母大丧。"

"都是多少？"

"记不清了。各单位，还有个人，也送。"

"都是送多少？"

"一次几万的，也有几千的。"

"行贿人的名字都是谁？"

"现在说不清。"

"好，等时间再说。你有几套房子？"

"就一套。"

"属实吗？"

"……"

赵岩和李军锋对了个眼色：总算开始交代了。于是说："今天就到这里吧。"

三

第一明虽然住的是招待所，但每走一步都有人跟着。到了晚上休息的时候，来了两个人，就在一边的椅子上坐着。不到两个小时，又换了两个。有两个人盯着睡觉，加上他对这突然的变故接受不了，一夜没有睡着。

第二天，赵岩和李军锋再次审问他的时候，他忍不住说："领导，睡觉的时候能不能不要陪护？"

赵岩冷脸道："为什么？"

"有人在跟前我睡不着。"

"睡不着可以想问题。"

"你们放心，我不会跑。"

"你也跑不了。"

第一明想了想说："其他办案人员不像你们，他们不停地东一个西一个问题地问，我还没想起来，又问另一个问题。加上睡不着觉，头懵懵懂懂的，让我都糊涂了。"

李军锋打断他说："每一个问题你都说没问题，怎么能不问下一个问题？你有权利要求组织吗？"

第一明无语了。

一连几天，案件没有什么进展。除了受贿，第一明几乎没有再交代什么。第一明不知道是来到这里的第几天，赵岩和李军锋把他带出了这个房间。换房间的时间是在夜里，他正睡得迷迷糊糊，忽然被叫醒了。不知道走了多久，拐了几个弯，他被带到了一个新地方。李军锋说："你不是嫌在那个房间不好吗？从今天起你就住这个房间了。"说着走了出去。

进了这个房间，他发现没有窗户，顶部有几个大灯泡，室内贼亮。墙壁像 KTV 的包房，都是软的。靠墙有一张床，床很窄，是席梦思那种，只是周边包裹得比家具城里卖的席梦思还软。床边有一个便池，而且不是坐便，是蹲便。便池边有一个纸篓。纸篓里还丢有手纸。由于很困，他没有再注意其他的，倒下便睡。可是，灯光太强，他再也睡不着，躺下几次也睡不着，想关灯，找不到开关。灯泡在屋顶，够不着。原来这间屋子的电源线路一律实行暗装，墙上都是光光的，而且没有任何悬挂点。门也没有反锁条件，是从外面锁住的。

就是说，除办案人员外，任何人也进不了这个房间，也接触不了案件当事人。

睡不着，就开始发出疑问：这么好的房子为什么不留窗户？都什么年代了，还不讲究通风透光？别说透光，连外面的声音也听不到。连窗户都不舍得安装的房子，墙壁装修得那么豪华干什么？像 KTV 包房一样，不是浪费吗？往上看看，只见墙角安装有摄像头。那摄像头他知道是红外线的，是名牌产品，录音、录像效果很好，他抓安全，对这些很了解。他忽然意识到，他在室内的一举一动都被监控着，声音也被录下来，就是睡觉也被监控着。虽然身边没有人，但这和赤裸裸地在人面前差不多。他更没了睡意，感到浑身不自在。他坐在床上竟然不知道是动好还是不动好。动又动不到哪里去，最多十平方米。如果不停地走动，无论怎么动，都会被监控室的人看得一清二楚。想到这里，他居然一动不动了，待了半天不知道怎么是好。

他知道自己这样已经待了很久，却无法知道具体时间。因为没有窗户，手表和手机都收走了，墙上也没有钟表，说不清是到了白天，还是仍然处在黑夜。他坐得有点腰疼了，就站起来走走。走啊走啊，腿也走疼了，就又坐下来。坐了一阵，不由得在心里骂起来：这是什么鬼地方？房间里没有电视、电脑可以理解，至少配几份报纸呀，也配个钟表呀。桌子没有、椅子也没有……他想起了自己的办公室，电脑、电视、报纸杂志，四处摆放着鲜花，天天不断各样新鲜水果、干果……现在，什么也没有，不要说看新闻，什么也看不到，什么也听不到，连白天黑夜、阴晴风雨也不知道……想着想着，不由得又发起呆来，想不呆都不行。他忽然想到一个成语——呆若木鸡，这时才真正体验到了呆若木鸡的样子。唉，岂止是呆若木鸡？是傻里巴叽，跟一个智障儿或者老年痴呆症患者坐在床上摇头晃脑、傻坐有什么区别？现在这个样子若是让清源县的人看到了，知道了，岂不成人们的笑料？

他躺了下来。不知道为什么，这一躺下，想到的全是往事，过去的一幕幕直往眼前撞。想着想着就进入了梦乡：他不知道自己到了一个什么地方，身边没有一个人，忽然从四面八方来了一群手持刀枪的老百姓，呼喊着向他的头部打来……他一声惊叫醒了过来，头上全是汗。往四周和上下看看，什么也没有，灯光依然那么亮，依然让人分不清是白天还是黑夜。

不知道又到了什么时间，他感到胸闷，浑身燥热，抓耳挠腮。现在不知道东西南北方向，信息不通，这不跟一个人迷失在沙漠深处差不多吗？想到信息不通，他忽然问自己：县里的人都知道自己被双规了吗？老婆、孩子知道自己的情况吗？如果知道了，全县人怎么看自己？全家人是什么滋味？好在很多违纪、甚至是犯罪的事实没有交代，如果都如实交代，那就会判刑，不仅现在的位置没有了，全家人从此就会抬不起头，昔日的人上人立刻就是阶下囚！不能交代，交代了就一切都完了。一定要把自己的那些违纪、犯罪的事实埋藏起来，不，是埋葬！保住自己的名誉和形象，等出去了，一定要好好工作，廉洁奉公，真真实实地做一个好干部，就像过去自己对犯罪分子说的：重新做人！

他后悔自己过去的行为，想起老师给自己起名字时的眼神和走上领导岗位后家乡人的羡慕和渴望；想到万一他的所作所为都被纪检人员掌握了，锒铛入狱，万人唾骂，他忍不住哭了。

不知道又过了多长时间，肚子不再咕咕地叫了，而是很疼，感觉肚皮和脊梁骨都贴到了一起。这时，赵岩和李军锋进来了。李军锋手里拿着包子和一杯牛奶，边吃边向赵岩道歉，说自己来晚了。他闻到那包子味，特别特别香，他从来没吃过这么香的包子，恨不能夺过来一口吃下去。可李军锋吃了两口却扔进了废纸篓里，说不好吃。那废纸篓里积存着发黄了、被用过的卫生纸，那半个包子扔进去的时候，把那半篓卫生纸砸了个坑。

赵岩问他有什么交代的没有，他说："没有。该交代的都交代了。"

"好吧。"赵岩和李军锋说着就走了出去，他刚想说什么，他们已经把门关上了。

又过了不知道多长时间，他饿得头发晕，浑身无力，站立不稳。实在撑不下去了，想到了废纸篓里的那半个包子，走到跟前，看看，闭上了眼睛：我能吃这样的包子？传出去了，我成了什么？他坚持不去捡，又坐到了床上。等了一会儿，他还是站了起来，又走向了废纸篓，心里说：大丈夫要能伸能屈，不然怎么能成大事？想当年红军二万五千里长征，马尿都喝了，这半个包子比马尿强多了。他终于坚定地走了过去，伸出右手捡了起来，而后用左手擦了擦。正在他把包子送到嘴边要张口吃下去的时候，门开了，赵岩和李军锋一同进来。他羞愧得无地自容，但一转眼换了神情说："我怕它生蚊蝇，想给扔了……"

李军锋说："这打扫卫生的事怎么能让你做？我来。"说着，示意他把半个包子扔进废纸篓，随即提着废纸篓走了出去。

李军锋回到屋里，赵岩问："有什么要交代的没有？"

第一明心里嘀咕：不去审讯室了？去审讯室里也可以活动活动，透透气，知道个时间也比在这儿好啊。他看看他们的眼睛，不像要去审讯室的样子，不得不放弃这一愿望，依然坚定地说："确实没想起什么。"

"既然这样，我们就忙其他的。"赵岩和李军锋说着就要走。

他忍不住祈求似的说："二位领导，现在是什么时间了？能不能给弄点吃的？"

李军锋很诧异地说："你饿了？这里不是酒店，想什么时候吃就可以吃，想吃什么就吃什么。好吧，想吃什么？"

第一明知道不能要求什么，一脸哭相说："随便，能填饱肚子就行。"

李军锋打了个电话，不一会儿，就有工作人员送来一大块牛肉。李军锋说："五香牛肉，可以吧？这比那包子好吃吧？"

"谢谢，谢谢！"第一明说着，就狼吞虎咽地啃起来。

也就在这个时候，赵岩和李军锋走了出去。

第一明很快就把牛肉吃完了，但他忽然又感到渴得难受，比饿着还难受。他感到嘴唇裂了，嗓子冒火，舌头不打弯儿，眼睛直冒金星。他眩晕了一阵，倒在床上睡着了，做了一个梦：他走进了沙漠，一望无际的沙漠，四处没有一棵树，没有一棵草，周围黄沙弥漫，头上烈日烘烤。忽然，前面出现一个月牙似的水潭，就像甘肃敦煌的鸣沙山月牙泉。我什么时候又来这里旅游了？他激动异常，奔了过去。但是，等他到了月牙泉边的时候，月牙泉忽然没有了。他愤怒地叫起来。这一叫，他醒了，渴醒了。他不得不在房间里来回走动，甚至要蹦，以忘掉口渴，减少口渴的煎熬。

这么一蹦，他忽然有了想大便的感觉：噢，很久没有解手了，过去虽然大便的次数有限，小便还是不断的，是因为喝茶多。"健康知识"上说，多喝茶可以减少很多疾病。有了想大便的感觉后，他忽然朝自己的脸上打了一巴掌：床头那便池不就有水管吗？怎么就没想到那里有水呢？自己的智商怎么就那么低呢？他奔向便池，顾不上先解大便，而是先去找水龙头。可是，找了半天没有找到。原来没有水龙头，便池是蹲便，冲水的开关是脚踏的，想取水就得一边踏脚踏，一边用手去便池角落里接。不论如何，这水是要喝的。小时候，自己的父母、爷爷奶奶下地干活渴了，坑塘里、沟壑里的水不是都喝了吗？自己不是也喝过吗？尽管这时的水要从便池的一端流出来，那毕竟是自来水，即使流出来的环境和位置不是太好，至少要比坑塘、沟壑里的水干净吧？他义无反顾、毅然决然地蹲下去，用右脚去踏脚踏，双手做好捧水的姿势，把双手伸进了便池出水的一端。一切准备就绪，便猛地用右脚去踏脚踏。可是，却没有踏出水来。他以为是没有踏到底，所以没有出水。当确认脚踏已经被踏得挨着地面时，才知道水管里没有水！

不知道过了多久，赵岩和李军锋开门进来了。他忍不住哑着嗓子说："张组长、李副组长，麻烦你们给杯水喝，渴得实在受不了了。"

李军锋面无表情地问："你又渴了？"

"是、是……不是一般的渴……"

李军锋打了个电话，不一会儿工作人员送来了一杯水，那杯子小得仅能装下一个鸡蛋。第一明还没有感觉到水湿嘴唇，水就到了肚子里，他不是喝进肚子里，而是吞进肚子里的，差一点连杯子一起吞进肚子里。

等他喝下水，李军锋说："你要明白，这里不是你清源县的办公室，茶水是公款买的上等茶叶，每一杯都由通信员亲自给你泡好，而且泡茶的水必须是农夫山泉。也不是在你车上，司机给你泡好，放在你的手边，想喝，伸手就能喝。也不是你下乡检查工作，有秘书给你端着茶杯，下雨了，给你打着伞。"

第一明红着脸，连连说："明白，明白。"

赵岩问："想到了什么没有？有可交代的问题没有？"

第一明说："我反复想，感到没什么问题了。你们能不能提个醒，我哪方面有问题……"

赵岩猛然间冷了一下脸说："对照一下党员的标准和《中国共产党党员领导干部廉洁从政若干准则》，你在哪方面违纪了，自己不知道吗？"

第一明表情痛苦地说："我一时确实想不起有什么问题，有什么要交代的。"

赵岩看了一眼李军锋，说："那好吧，我们多给你点时间，等想起来再说。"两个人说完，便走了出去，门嘭地关上了，一丝缝隙也没有。

不知道又过了多长时间，也不知道是某月某日的什么时间，门被打开，进来了两个新人：一个稍微胖一点，一个稍微瘦一点；胖的姓钱，叫钱强；瘦的姓杨，叫杨伟长。他们告诉他，他们也是办案人员，另外还有几位，他们会每隔几个小时轮换一次。说着，钱强做好询问的准备，杨伟长做好了记录的准备。钱强问："你叫什么名字？工作单位，年龄，家庭成员……"

第一明很不高兴，说："你们掌握的不是都有吗？不是都问过了吗？"

杨伟长正色道："是我们审问你，还是你审问我们？"

第一明哭笑不得地回答道："当然是你们审问我。"

"你有几个孩子？"

"两个，一个儿子，一个女儿。儿子在美国留学，女儿在上大学。"

"儿子出国留学一年多少费用？"

"二十万元。"

"妻子在什么单位工作？"

"是教师。"

"你儿子留学的钱从哪里来的？"

"自己积存的。"

"你们夫妇月工资多少？"

第一明不敢说了，知道越说漏洞越多，越不可自拔。原来他们头上一句脚下一句，是一个"套"！

"你们夫妇的月工资多少你不知道？连这个问题都不回答，我们能相信你对组织的态度是真诚的？"

"现在的工资都是打到卡上，我确实不知道我的工资是多少。"

"哦，我明白了，你就是老百姓说的那种'工资基本不动，老婆基本不用'的干部，是吗？"

第一明不知道怎么回答是好，不敢接话。接着，他们问得更没有头绪，什么国内外形势，什么青菜在清源县多少钱一斤，生猪多少钱一斤，猪肉多少钱一斤，有的跟他的工作基本没关系。有时候又忽然转到了他的工作上，分管什么，都是怎么做的，有过什么奖励，有过什么失误，他的责任有多少，下乡检查工作是骑车还是坐车，一部车一天要烧多少油，现在的油价是多少钱一升。第一明乱了方寸，这些是再简单不过的问题，他居然都回答不上来，不一会儿脸上就冒出了虚汗。他说："能不能给搞一盒烟来？钱我来付。"

杨伟长问："你抽什么烟？"

他说："什么烟都可以，钱先记账，等我出去了一次性给你们。"

钱强问："你要什么烟？大中华？九五至尊？大熊猫？小熊猫？"

第一明听到他们允许抽烟，心里很感动。抽烟是他的嗜好，有了烟，就有精神，就能借助烟来思考问题。他说："大中华吧。"

杨伟长问："你一天抽几包？"

第一明说："一天两包吧。"

"大中华多少钱一盒？"

"不知道。"

"你天天抽烟，不知道什么烟是多少钱一盒？你是怎么买的？"

第一明又哑了口。

杨伟长冷着脸说："一盒大中华75元，你一天两盒，就是说你一天仅抽大中华烟就是150元，一个月就是4500元。现在我可以断定，你抽烟全部是公款。你知道一个老百姓一年的收入是多少吗？"

第一明头上冒汗了："我、我不抽烟了。"

"为什么不抽了？"

第一明不停地擦汗，说不出话来。

钱强说："你现在不能抽烟。一是这里处在偏僻地方，没有你要的烟；二是抽烟不安全。曾经有一个被双规者，为了逃避监控，居然在被窝里用烟盒里的锡纸叠成刀子，割开大腿上的动脉血管自杀。"

第一明坚定地说："我没有犯罪，我还要回去好好工作，我不会自杀。"

杨伟长紧紧地盯了他一阵说："现在的干部，一当了领导，不认为工资就是自己的费用，自己的一切支出都应该再由纳税人的钱中支出，这种特权是天经地义的，应该享受的，不是问题，不是腐败。有的已经犯罪了，他自己非常清楚，但没有被举报和查处的时候，依然以一个很光辉的形象出现在主席台上，出现在人民群众中。有的被双规了，还存侥幸心理，认为自己很聪明，所做的违法乱纪的事都天衣无缝，拒不交代……"

第一明什么也说不出来，感到头大了几倍，像发了高烧一样，昏昏沉沉的，没有一点精神。他不知道钱强和杨伟长是什么时候走的。等他醒过来，身边没有一个人，他什么也看不到，什么也听不到。只有那几个大灯泡依然贼亮贼亮地陪着他，让他失去了时间的概念。想到在钱强和杨伟长面前的表现，他一阵后怕，差一点就被攻破，就想交代问题。

他很害怕，好想有个亲人来到他身边，给他以支撑。更想那些受过他贿赂，得到他很多好处的上级领导来救他。他曾听说有一个被双规的干部的经历：忽然有一天，这个干部工作过的地方来了一个高层领导，这位领导什么也没说，仅仅是在确定吃饭陪客人员的时候，写上了那个被双规者的名字。于是，那个干部被从双规的地方接了回来，从此，依然做他的官，什么事也没有。此刻，他多么希望自己也能这样。他知道夏书记没有这么大能量，但还是希望他能为自己"挺身而出"，更希望省里的那几个领导也像那位高层领导一样来清源县，去让他陪客，只是不知道他们会不会那样做。他伤心的是，为什么到了现在，他快撑不住了，怎么就没有一个人来，给他带来一点儿希望的信息。

忽然间，他感到一种从来没有过的孤独、失落、无助和绝望，好像从一艘巨大的轮渡上掉进了波涛翻滚的大海，他一声声呐喊、呼叫，却没有一个人应，甚至看不到一根稻草。此刻，他倒希望办案人员来，无论他们问什么，至少他不感到那么恐怖，不那么孤独。

不知道什么时候，他感到胳膊上痒痒的，一看，居然是一只蚊子正叮着他的胳膊。他很激动，不仅没有去打死它，反而欣喜地小声自言自语说："你好，我的朋友，我亲爱的朋友，你现在是我最亲爱的朋友，感谢你来陪伴我。你喝吧，我不会打死你，你要是能说话就更好了。"

他一动不动地看着蚊子喝他的血，不一会儿，那蚊子的肚子就鼓起来，鼓成一个椭圆形，灰色的肚皮居然亮晶晶的，透着里面红红的血。蚊子好像很满足，很幸福，两只后腿一上一下地摇着，翅膀也一会儿张开，一会儿合拢。第一明笑了，很久没有这样笑了：小样，看你美的？放心吧，我不会伤害你，你千万不要走，你走了我就没有朋友了，就没有谁陪伴我了。

蚊子不知是听到了他的呼唤，还是因为舒服得不想走，就一直没有飞走。有了这只蚊子，他减少了寂寞感，就认真地端详、研究起蚊子来。他想起了曾经在一个资料上看到的关于蚊子的介绍，没想到居然在这里派上了用场：蚊子，属于昆虫纲双翅目蚊科，全球约有3000种，是一种具有刺吸式口器的纤小飞虫。通常雌性以血液作为食物，而雄性则吸食植物的汁液为食物。除南极洲外，各大洲皆有蚊子的分布。中国已知蚊子种类60多种：中华按蚊、小宽按蚊、八代按蚊、黑河按蚊、长浮按蚊、大窄按蚊、白跗按蚊……想到这里，他认真观察起这只蚊子来：头部，似半球形，有复眼和触角各1对，喙1支。触角有15节：第一节称柄节，第二节称梗节，第三节以后各节均细长称鞭节。各鞭节轮生一圈毛，轮毛短而稀。触角上，除轮毛外，还有另一类短毛，分布在每一鞭节上。胸部，分前胸、中胸和后胸，每胸节有足1对，中胸有翅1对，后胸有1对平衡棒，中胸、后胸各有气门1对……美丽的蚊子，现在我喜欢你来吸我的血，我愿意成为你的朋友。他正高兴着，忽然，那蚊子飞走了。他很失望，痛恨道：朋友，我没有亏待你呀，没有惊扰你呀，你为什么要离开我？你怎么一吃饱喝足就走呢？我的血也来之不易呀！

他忽然意识到现在是夜里，蚊子多是在夜间活动。这间屋子能有蚊子，说明它们活动很猖獗，这个时候一定是夜间。很久不知道白天黑夜了，现在终于知道了。

自从那只蚊子飞走后，他又陷入孤独、失落、无助和绝望之中。不知道为什么办案人员一直没有来，好像把他给忘记了似的。具体相隔多长时间办案人员没有来了，他说不清，没有手表，没有手机，也看不到外面的世界，无从识别和分辨。

这时，室内忽然嘤嘤地飞进来一只苍蝇。他很激动：来朋友了！他循声去寻找，好半天才看到。那苍蝇飞得很快，一会儿上一会儿下，一会儿左一会儿右；一会儿趴在墙上，一会儿又落在他的床上。在床上，它很久没有动，第一明如获至宝，再也不敢动一动，唯恐它跑了，进而忘却了绝望，陷入苍蝇的世界：苍蝇的幼虫被称为蛆，为双翅目短角亚目昆虫的总称，全世界约有3000种，中国已知约500种。成虫飞翔能力非常出色，可在空中固定盘旋，或在高速飞行中急剧转换方向。蝇种有家蝇、市蝇、丝光绿蝇、大头金蝇。苍蝇具有一次交配可终生产卵的生理特点，一只雌蝇一生可产卵5～6次，每次产卵数100～150粒，最多可达300粒。一年内可繁殖10～12代。苍蝇在白天活动频繁，具有明显的趋光性。夜间则静止栖息。活动、栖息的场所取决于蝇种、季节、温度和地域。在某些季节，厩腐蝇、夏厕蝇、市蝇也会侵入住宅内。大头金蝇、丝光绿蝇、丽蝇、伏蝇、麻蝇等则主要活动、栖息于户外。这只苍蝇个头不大，灰褐色，它是我国城镇居住区最重要的蝇种，也是进入室内最主要的蝇种……他正研究着，忽然意识到现在是白天，因为它和蚊子不一样，蚊子是夜间出动，它恰恰在白天才出动。

他高兴起来，说，朋友，你既然来了就说明我们有缘，此时你总不能就这样不动。飞起来，飞起来吧，放开你的歌喉给我第一明唱一段，扭动你那窈窕的身姿给我第一明舞一曲。此刻我第一明无以解忧，唯有苍蝇！他把苍蝇赶起来，那苍蝇就嘤的一声飞起来。那一声"嘤——"，堪比阿炳的《二泉映月》和俞伯牙的《高山流水》，胜似贝多芬的《田园交响曲》和莫扎特的钢琴协奏曲。那飞起、盘旋的舞姿堪比柴可夫斯基的芭蕾舞剧《天鹅湖》和杨丽萍的孔雀舞……

他正追逐着苍蝇，欣赏着、享受着，忽然，门开了，赵岩和李军锋走了进来。赵岩看到苍蝇，立即走了出去，训斥道："工作人员呢？你们的卫生工作怎么做的？苍蝇怎么进来了？"随着赵岩的批评，立即来了一个工作人员，拿着蝇拍，四处寻找苍蝇。那苍蝇看着赵岩、李军锋和工作人员的表情，意识到他们不像第一明那样欢迎自己，和自己没有共同语言，它意识到了危险，强忍怒火潜伏了一会儿，想侥幸逃过这一劫。可是，他们几个人却没有就此罢休的意思。苍蝇告诫自己，隐蔽只能是一时，等死也是死，冲一下大不了也是个死，冲成功了就有生的可能，隐蔽不会有一点生的希望。于是，它嘤的一声大叫，朝着门口那唯一的通道冲过去。当它冲到门口时才知道自己的力量是那么微弱，那门是撞不开的。当它要冲向别处时，那无情的蝇拍已经来到跟前，它什么也不知道了。

看到苍蝇被打死了，第一明很懊恼，很沮丧，忽然没了精神：蚊子朋友无情地逃跑了，苍蝇朋友被打死了，两个朋友都没有了。蚊子是自由地飞翔了，而苍蝇却是死了，而且死得很惨。他默默祈祷道：苍蝇朋友，你是为我而死的，我不会忘记你。此刻，我先把荆轲的《易水歌》送给你："风萧萧兮易水寒，壮士一去兮不复还；探虎穴兮入蛟宫，仰天呼气兮成白虹！"你可能不知道我，我在学校的时候作文特别好，参加工作后还发表过不少诗和散文，还写过赋。等我出去了，有了自由，手中有了笔，一定为你写一篇《苍蝇赋》：吾谓其厚兮瓜瓞绵绵，吾谓其高兮圣迹煌煌。吾谓其壮兮勇士殇殇，吾谓其丽兮舞姿婉婉。吾谓其盛兮古风琅琅……最后赞曰：苍蝇，你虽然行为肮脏，但却给一个领导干部带来了快乐；你虽然到处传播疾病，但却能跻身高层干部中。你是为一个领导干部而死的，你是苍蝇中的佼佼者，你出身卑微，死得光荣……

四

苍蝇的死让他悲伤了很久，打死苍蝇的工作人员走了不一会儿，他感到困了，便躺下来准备睡觉。就在这时，门开了，又来了两个新人，审问了一番，大概有几个小时，他们走了。

他刚想睡觉，钱强和杨伟长又来了，审问了几个小时，他们也走了。

钱强和杨伟长审问的时候他就支持不住了，两眼老打架，发涩，要往一起粘，头也发晕，胃里想呕吐，吐又吐不出来，也是因为肚子里没有多少可吐的。钱强和杨伟长一走，他立即躺倒在床上，想睡。

他刚入睡，就又被叫醒了。两个工作人员抬着一张桌子进来了，桌子上放着笔墨纸砚。桌子放置好，赵岩和李军锋走了过来。他们谈笑风生，说要进行一场书法大赛，谁输了谁请客。李军锋自信地说："你别欺负我年轻，以为现在的年轻人都不懂书法。"

赵岩说："我怎么欺负你了？是骡子是马，拉出来遛遛再说。"

"遛遛就遛遛！"李军锋并不示弱。

赵岩说："听说你擅长隶书？"

李军锋笑笑说："岂止是隶书？"

赵岩说："隶书起源于秦朝，距今两千多年了……"

"错！"李军锋打断他说，"这种说法是错误的，是老说法。根据1975年在湖北云梦县睡虎地出土的战国时期的一块木牍，专家说，在战国时期就有隶书了。战国末年，秦国攻打楚国属地淮阳，就是今天的河南淮阳，秦国士兵在淮阳给家里写在这片木牍上的书信就是隶书。"

赵岩笑笑说："长知识了。"

他们相互推让，都让对方先写。第一明好生奇怪：不审问了？怎么在这里搞起书法比赛来了？在哪里比赛不了，为什么在这里比赛？你们比赛你们的，我睡我的。可是，他们不让他睡，说是让他当裁判。他怎么能睡？他不敢睡。赵岩年长，抵不住李军锋的礼让，就先抄起了毛笔。李军锋则忙给他倒出墨汁，铺展好宣纸。李军锋问赵岩："今天准备写隶书还是篆书？"

赵岩抄起毛笔，呵呵一笑说："隶书、篆书都不写，我想来一幅狂草！"

李军锋忙问："写什么词？"

"你说呢？"

"毛主席的《沁园春·雪》怎么样？很多书法家都喜欢书写。"

"太长了，今天时间有限。"

"那就写一副楹联吧？"

"什么楹联？"

"河南内乡县衙的一副楹联很好，上联是：吃百姓之饭穿百姓之衣莫道百姓可欺自己也是百姓。下联是：得一官不荣失一官不辱莫道一官无用地方全在一官。"

"也长，就写毛主席的一句话吧：全心全意为人民服务！"

"好！"李军锋竖起拇指。

赵岩龙飞凤舞，很快把九个字写好了。他自己端详了一下，立即展示给第一明，说："第一明，你看我这几个字写得怎么样？"

第一明如入云雾，清楚他们不是专门来练书法的，但不知道他们到底要干什么。看到赵岩书写的这九个字，以为是借此来教育他，忙赞扬说："很好，很好！"

赵岩把毛笔递到他眼前，问："你看这支毛笔的质量怎么样？"

第一明一直在揣摩他们今天的举动，却一直没有揣摩透，忙说："领导用的笔一定是好笔！"

赵岩沉下脸说："你什么时候能改变一下一见领导就拍马屁的习惯？你就没有细看，怎么知道一定是好笔？就因为是领导用了？"

第一明红着脸，点头哈腰，但又不能立即改口说是赖笔。说话的时候，李军锋把桌子弄出了响声，从抽屉里拿出一个档案袋。忽然问第一明："第一明，你做领导工作以来，签发过多少文件？"

这从书法到文件的突然转换，让他的大脑完全糊涂了，怎么也理不出个头绪来。面对这样的问题，尽管感到很可笑，但他不能不回答："这个数字真记不清了，要弄清楚，只能到我们档案室去查。"

李军锋从档案袋里取出一张纸，说："你做领导这么多年，签发的文件多，记不清，可以理解。这个文件你应该记得很清楚吧。"

李军锋说着就把文件向他递过去。在那份文件即将到达第一明的眼前时，李军锋却停了下来，第一明的双手僵在半空，但又不敢放下。李军锋忽然说："你在任期内总共下发过几次只打印一份，又不能公开的文件？"

第一明立即说："没有这样过呀！文件是很严肃的，都有编号，光档案室就得存两份呢，不可能只打印一份……"

没等他说完，李军锋已把那文件狠狠地摔在了他面前。他只瞥了一眼，立即面色苍白，身子僵硬得像一具干尸。他不仅熟悉，而且文字也可以一字不落地背下来——《关于表彰全国"包二奶"工作先进个人的决定》：

各省、自治区、直辖市、国家各部委（办）：

随着改革开放以来"包二奶"工作的不断深入开展，我国"包二奶"工作得到了长足有效的健康发展，取得了令人满意的佳绩，在全世界引起了强烈反响。为表彰先进，鞭策落后，进一步促进"包二奶"工作再上新台阶，通过全国各基层单位层层民主推荐和认真选拔，并由国家纪检、监察、反贪等部门通力协助调查落实，经国家"二奶办"研究决定，授予10名干部"包二奶"先进标兵称号。数量奖：江苏省建设厅长徐其耀，共有情妇146位。质量奖：重庆市委宣传部长张宗海，常年在五星级酒店包养漂亮未婚女本科大学生17人。学术奖：海南省纺织局局长李庆善，性爱日记95篇，标本236份。青春奖：四川省乐山市市长李玉书，20个情人年龄都在16~18岁之间。管理奖：安徽宣城市委原副书记杨枫，用MBA知识管理，有效使用情人77名。挥霍奖：深圳市沙井银行行长邓宝驹，仅"五奶小青"包了800天，就花了1840万元，平均每天2.3万元，平均每小时1000元。团结奖：福建省周宁县委书记林龙飞，为其22名情人共办群芳宴，并设30万元佳丽奖，没有一人在宴会上争风吃醋，闹不团结。和谐奖：海南省临高县城监大队原大队长邓善红，有6个情人，生6个孩子，对此，其原配夫人根本不信。真情奖：第一明，一生只爱××一人……

这是他为了给情人寻开心一手制作的"玩具"，没想到这个他认为最信得过的情人竟出卖了他，把这个"文件"也供了出来。他在极度愤恨的同时，也松了一口气：没有查出经济问题就好，作风问题在领导干部中已不是问题，大不了给个处分，或者免职。

但是，他的这种轻松只维持了几分钟，想到他和她的前前后后，为她的投入和她的出卖，不由得万分伤感。事到如今，如此确凿的证据在这里，不交代是不行了，只有把这事交代了，才能表现出对组织的诚意，才能"避重就轻"，迷惑办案人员的视线，减少对其他事件的追究。此时，第一明不得不如实交代包养情妇的事实。

赵岩问："和其他女人还有不正当关系吗？"

第一明说："没有了。"

"真的没有了？"

"真的没有了。"

赵岩拿着笔走到他跟前说："第一明，你的书法一定很好吧？"

正说着他的作风问题，赵岩突然又来个书法问题，第一明哭笑不得，不知道该不该回答，

第一明支吾了半天说："不好，没有领导的好。"

赵岩面无表情地说："来来，你来一笔，写几个字。"

第一明不敢去，又不敢不去，颤抖着手刚要去接赵岩手里的笔，赵岩忽然拿出另一支毛笔，递到他眼前说："这支毛笔是你的吧？可以说是全国独一无二的吧？"

第一明一看，一阵眩晕，倒在地上：办公室被搜查了，家也被搜查了……他醒过来后，脸上的汗水如雨水般滴落下来。这是一支用女性阴毛做成的毛笔。他后悔自己的这一做法，当时认为很有趣的做法，认为很有创意、很聪明的做法，结果却给办案人员留下了铁证！

赵岩把毛笔一摔："你作为一个党培养几十年的领导干部，居然卑鄙无耻到这种地步！"

第一明双手抱住头，再也不敢抬起来。

赵岩喝道："把头抬起来。说，还有其他问题吗？"

第一明忽然"啪啪"打起自己的脸来："我无耻,我玩女人……"

赵岩瞪着眼睛："把所有你玩弄过的女人的名字都写下来。记不清了?今天可以不写。那就交代经济问题吧。"

"我经济上没什么问题……"

"你的玩资是从哪里来的?是自己的工资吗?"

第一明低下头去。

"想用低头回避?行不通。你想让我们提醒,就是探探我们掌握了你多少事实。提醒了,你交代;不提醒就一概不交代是吧?"

第一明抬了一下头,说:"我的脑子很乱,真的想不起来有哪些经济问题。"

李军锋正色道:"你以为你很聪明是吧?你以为你不交代就可以蒙混过去?你在幻想你的某个、某几个领导会保护你,你不会有事。你还会想,过去你的那些下级对你唯命是从,顶礼膜拜,他们会为你挺身而出,也不会交代你的问题。你错了。你应该知道他们不是看重你这个人,而是你手中的权力。他们都清楚,他们向你行贿以谋取私利已经是犯罪,再继续包庇一个犯罪的人,自己就是罪上加罪。只有你还在幻想,你不交代,你保护了他们,他们就会对你忠心耿耿?你要知道,当组织决定对你采取措施的时候,已经掌握了确切的证据。只是你并不知道,你的那些保护伞,也都已在纪检监察部门的掌控之中。到了这个时候,你应该相信组织。你配合调查,主动交代，才能取得组织的宽大处理……"

第一明看了他一眼，心里说：你一个年轻人想跟我玩这一套，还嫩了点，这都是我玩过的把戏，全是骗人的，是手段。坦白从宽，牢底坐穿；抗拒从严，回家过年。你们知道多少我交代多少，你们不说，我就说不知道。

赵岩说："你曾经有很好的政绩，为什么走到今天这个地步？"

第一明心里很窝火：你们问几次了，还问！忍不住露出了愤怒之色："为什么？为什么？我也想知道为什么。我做了那么大的成绩，到当了乡党委书记的时候，我还想提拔，想做更多的事。可是，再也提拔不了。一些没什么政绩的人却能提拔……"

"没有找到原因？"

"最后我找到了，一是上面有靠山，二是要舍得花钱。我一个农民的儿子，上面没有什么靠山，只有选择后面的一条路。我自己没有钱，只有用公款。第一次提拔副处级干部时，由于胆小，没敢花大钱。结果，几个没什么政绩的人提拔了，我只弄了个好的局——建设局。"

说到这里，第一明忽然后悔了，我怎么忽然讲这么多？他"啪"地打了自己一巴掌，似乎是给赵岩和李军锋一个忏悔的印象，实际是后悔自己多言了，后悔自己的嘴怎么不把门了。

赵岩说："从这时开始你就胆大了？"

第一明不得不说："是的。"

"那你是怎么做的？"

第一明忽然打住了。

"继续说。"

第一明停了好一会儿，不得不说："同级的正科级有投票权的，每个人都送，少则五千。给县四大班子领导每人两万。还选择了一个曾经喜欢我的领导，和这个领导推荐的领导，重点突破。这样，我才当上副县长。"

"你是怎么给上级领导行贿的？"

第一明不再说话，心里说，如果这样，不就把领导也给交代出来了？赵岩也不急，说："既然到这个时候了，早晚都要交代的，你现在不交代，我们有的是时间。"

第一明迟疑了很久，不得不说："第一次行贿的时候我送了30万，让司机和办公室主任用一个袋子送的。到了市领导家叫门，领导从猫眼里看到是两个人，不开门，没送掉。第二次送了银行卡，送到办公室，也没送掉。我以为是领导廉洁，在我要放弃的时候，忽然明白了，就改变了方式，自己开着车到市政府所在地郊外的一座加油站，给领导打电话说有事要向他汇报，请他自己开着车到××加油站。那领导就自己开着车去了，他一看周围没有人，确实就我自己，就收下了。后来又用这个方法到了省里。不久，那省领导就来我们县考察，并特别提出要到我工作的单位先考察，把我夸奖了一番。陪同的市县领导立即心领神会，很快就把我提拔了。后来我就想，既然这么大的领导都敢受贿，我为什么就不能呢？"

赵岩说："你从此也开始受贿了？"

"是的。过去是踏踏实实地干工作，从这以后我感到，能不能提拔，不是工作干得好坏，而是有没有领导给你说话，会不会行贿。后来，我也采取这个办法：谁送提拔谁，不送就不提拔。"

"在你做这些的时候想没想过自己是名共产党员？"

"想到过，也自责过。"

"为什么还要继续做？"

"我感到无望，感到空虚，越空虚越不想干实事，想到那么多领导干部都受贿，感到没有了精神支柱。我还想继续上升，不得不一切按领导的意图办。所以，就开始说假话，做假材料，因为没有做出实事，不得不说假做假，因为现在到处都做假，领导也都喜欢听，像粮食产量、国民生产总值、农民人均纯收入……成绩说得越大，领导越高兴。后来有人为了揽工程，就送女人。我看到报纸上报道不少领导干部都有女人问题，就不以为然了，而且……来者不拒。"

赵岩叹息说："你已经应了社会上流传的顺口溜：小官媚大官，大官喜美女。领导的要求就是我们的追求，领导的脾气就是我们的福气，领导的鼓励就是我们的动力，领导的想法就是我们的做法，领导的酒量就是我们的胆量，领导的表情就是我们的心情，领导的嗜好就是我们的爱好，领导的意向就是我们的方向，领导的小蜜就是我们的秘密，领导的情人就是我们的亲人……"

第一明低下头去。

李军锋忽然问："工厂爆炸事件死了多少人，你知道吗？"

工厂爆炸事件本来不一定发生，由于平时监督不严，才导致事故发生。事故发生当晚，他正在和情妇交欢。他接到报告后并没有去，只说了一句"救人要紧"。事故当场的死亡人数是7人，重伤者在去市医院抢救的路上死了不少。有关部门请示他怎么处理，他为了不让上级和媒体知道，指示掩埋在了桥涵底下……第一明知道如今这件事是隐瞒不了了，不得不如实交代。

"还有吗？"

"没有了，都交代了。"

赵岩望了一眼李军锋，站起身说："既然没有其他问题了，今天就到这里吧，总不能件件都要我们先出示证据吧？"

两个人说着，整理着材料就往外走。第一明又忽然感到口渴得难受，急忙说："两位领导，给点水喝吧……"

赵岩回过头，笑了笑："渴了？"

第一明左手捋了一下喉咙说："是，是，渴得难受极了……"

赵岩说："刚才看'文件'和回答问题的时候，你怎么没说渴？"

第一明几乎要哭了："领导，我真的受不了了……"

"还饿吗？"

"饿……"

"那就再给你弄二斤牛肉来。"

"不，我不饿了，不吃牛肉了……"

五

赵岩、李军锋走后，第一明一直盼着有人来送水，可就是不见有人来。他既渴，又困。渴了喝不到水，困了睡不成觉。想到自己的罪行，想到生不如死的现状，他忽然想撞墙。他撞了上去，可是，墙是软的，撞了几下居然没有一点头疼的感觉。在他寻找可以致命的地方时，一个工作人员进来了，送来了一杯水，依然是一小塑料口杯，比他平时喝酒用的酒杯差不了多少。他不顾一切地冲了过去，好像稍微慢一点就会被人抢走似的。

喝了那一小杯水，他情绪稍微稳定了一些。想想已经交代的和办案人员掌握的问题，感到很后怕。本来很困，现在却睡不着，头晕得像忽然大了几倍，还疼得难受。不知道是什么时候，他刚想睡一会儿，赵岩和李军锋又进来了。

这次是李军锋先问："我今天再提醒你几件犯罪事实：上访人胡大亮是怎么死的？清源县投资8000万的大桥工程为什么是你们一个市领导的弟弟中标，其他工程队就不能中标？你从中收受多少贿赂？那两个受你贿的省市领导叫什么名字？先说上访人胡大亮是怎么死的！"

　　　　　　　　　　　　　　　旅途愉快

第一明再也不困了，也不渴了，心中大惊，这些事他们也知道了？也调查清楚了？他们是怎么调查的，是谁供出的？省市领导的名字也要交代？在他惊骇得张口结舌的时候，赵岩神情很平静但不容置疑地说："上访人胡大亮是怎么被撞死的？"

第一明支吾半天说："我不知道……对，死于车祸……"

"是吗？"赵岩变了声调，那声音像冰一样冷。

李军锋一字一顿地说："建设那项投资8000万的大桥工程，你负责拆迁了几十户居民，该赔偿的不赔偿，没等安置好就强拆，致使胡大亮等多名群众受伤。胡大亮带领群众到县政府上访，你们先要求基层干部层层阻拦，又让黑社会对他们进行人身威胁。胡大亮继续带人到县政府上访，你们以冲击政府机关为名，动用公安民警，刑事拘留十几人，后又把胡大亮送到精神病院。精神病院检查后不接收。胡大亮看到在县政府问题得不到解决，上访到市里、省里。你惧怕影响到你和你的那个领导，先是拦截，后来竟然秘密指使，策划了一场所谓的车祸，把胡大亮撞死了……"

第一明没听完就晕倒了。

不一会儿医护人员就来了。

第一明醒过来后，立即说："不是那样，送胡大亮去精神病院、被撞不是我指使的……"

"那是谁？"

"我不说，我不能说，我说了就没命了……"第一明说着又一次晕了过去。

第二天——可能是第二天，因为第一明不知道白天和黑夜，赵岩和李军锋再次审问他。这次，他们给第一明准备了充足的水和食品。第一明吃饱喝足，正等待回答问题的时候，赵岩拿出一支钢笔和一张纸，说："今天不再让你交代经济问题，先进行考试。"

第一明又堕入云雾之中：考试？什么考试？

李军锋说："你不是经常参加政治学习，也经常领着下面的干部学习吗？现在你把'三个代表''八荣八耻'的内容给写一写。"

第一明愣住了，脸红起来："讲话都是按稿子念，哪能都记住了……"

赵岩冷笑道："我们知道你记不住，党的宗旨你也记不住！但是，哪个领导的爱好，甚至饮食习惯你都能记住！你现在是一上台讲话，只知道念着稿子传达上级的文件，一离开主席台就琢磨怎么编造落实文件精神的汇报材料和找机会继续升迁！"

第一明不得不低下头。

赵岩忽然转换话题问："你是怎么知道要对你进行双规的？"

第一明忽然一愣，马上警觉起来，其他人都交代，夏书记无论如何不能交代，他虽然这次没有能保住自己，毕竟在重要时刻给自己透露了信息，立即说："我哪里知道，我不知

旅途愉快

道啊！"

李军锋和赵岩对视一下，又问他："你为什么跑出来？"

"我没有跑啊，我是出来考察的……"

"考察？那你为什么不在我们省而到河南淮阳？你不分管文化，到那个历史文化厚重的地方干什么？"

"我听说淮阳县城是一个具有三千多年历史的文化古城，它的四周是万亩龙湖，龙湖是国家湿地公园，就是说，古城在国家湿地公园里面，很美，我想顺便到那里看看……"

"就为了看看淮阳的古城和龙湖？"

"还想到那里的太昊陵拜谒一下我们中华民族的人文始祖。"

"我是问你为什么赶在这个时候？"

"那是巧合了。"

"之后还准备去哪里？考察什么？主题是什么？"

第一明支吾着说不出来，因为他不知道去哪里"考察"，路上他想到了自己要出事，想到了要出国，但是，由于匆忙，忘记了带护照，加上当时他也没想到那么严重。夏书记如果告诉他是被双规，一定要做外逃的准备。在宾馆的那一夜，他独自想着可能没有太大的事，否则，夏书记一定要告诉他的。既然让他去"考察"，可能就没有太大的问题，以为出来躲避几天就没事了，因为事前如果不是夏书记的电话，他没有要出事的迹象。没有事，自己一直在外躲起来怎么办？长时间不与单位联系，不与领导联系，都找不到自己，不等于告诉大家我第一明出事了，自己把自己给搞出问题了吗？现在他很后悔，后悔没有深刻领会夏书记的话。但是，此时无论如何也不能把夏书记给交代出来，他是自己的保护伞之一，曾经帮助过自己很多次。尽管他受了自己不少的贿赂，但毕竟帮过自己，说什么也不能把他给交代出来。此时，他不得不随机应变说：

"我就是想到河南来，到河南的几个地方考察一下，来取经嘛……"

赵岩没再理会他说什么，知道他说的都是假话。好似继续昨天的话题，也好似在回应第一明说的"考察"，赵岩说："两千多年的封建社会，没有把老百姓击鼓鸣冤看作是冲击政府机关，而是老百姓一击鼓，政府必须升堂断案，比上级命令还管用。曾任苏联总理的尼古拉·雷日科夫在反省苏联解体时说过一段话：'我们监守自盗，行贿受贿，无论在报纸、新闻还是讲台上，都谎话连篇，我们一面沉溺于自己的谎言，一面为彼此佩戴奖章。而且所有人都在这么干！从上到下，从下到上！'"

第一明浑身发抖，有些支持不住，想倒下去。他正等待着赵岩下面的内容，赵岩却忽然转换话题说："如果我没有猜错的话，你到淮阳太昊陵不是真心实意地去拜祖，而是听说那里很灵验，想让人祖爷保佑你平安无事，是不是？"

第一明不敢说是，也不敢说不是。

赵岩接着说："我为什么这样说呢？因为我们了解到你经

常烧香拜佛，在搜查你家的时候，你专门有一间屋子供了十几尊佛、道神像！"

第一明双手捧住头，低声说："是、是。"

"在监控到你的车到郑州后，我们就判断你会到淮阳去。后来果然不出所料。你现在明白了我们为什么会在淮阳高速路口拦截你了吧？"

第一明深深地低下头，脸色灰白。

赵岩问："你是共产党员，为什么变成了这样？是什么时候开始求神拜佛的？"

第一明半天没有回答出来。

"说！"

第一明支吾好一会儿才说："从……从有了违纪行为以后就开始了。"

"这个时候为什么不去向组织交代而去求神拜佛？"

第一明没有说出自己的真实想法，他不敢说，他感到那句话说出来自己就害怕。

李军锋看他不语，忽然问："你去过甘肃敦煌莫高窟吗？"

第一明以为是在问他公费旅游的事，瞒不过去，也没必要隐瞒，现在哪个领导干部不是这样？不是什么事，如实说："去过。"

李军锋问："你看了莫高窟都想了些什么？"

第一明蒙了，不知道他要说什么，但又不能不回答："不愧是世界上现存规模最大、内容最丰富的佛教艺术圣地。不少人都面对大佛拜了又拜。"

"你拜了吗？"

"拜了……"

李军锋深深地望了他一眼，若有所思地说："前不久我去了一趟敦煌莫高窟，它始建于十六国的前秦时期，历经十六国、北朝、隋、唐、五代、西夏、元等时代的兴建。在为那里的艺术而震撼的同时，我站在隋朝建造的洞窟的佛像前，很久没有离开。隋代统治者十分重视佛教，开窟、建寺、写经和造像等活动非常兴盛。隋代洞窟有100个左右，占莫高窟总数的四分之一还多。但，隋代的统治历史仅30余年，为什么？你去了解一下隋代的历史，以后再作回答。"

第一明不知道说什么了。

赵岩忽然神情肃穆地说："我去太昊陵拜过太昊伏羲氏，为什么？他是三皇之首、百王之先，是我们中华民族的人文始祖，他是以东方圣德而王天下，所以老百姓都去朝拜他，我也顶礼膜拜。有些人则把我们的始祖当作神，当作自己有罪于人民的时候也能保护自己的神！不可悲吗？古人云：'君如舟，民如水，水能载舟亦能覆舟。'一个领导者，当你做了有罪于人民的事的时候，就没有安全的地方了，你知道吗？凡是贪官，有罪于人民的官，他没有一天的安全感！俗话说：'人在做，神在看，地上三尺有神灵！'为什么？地上三尺真的就有神灵吗？其实，那个神灵就是人民，是百姓，是民心。"

第一明两手绞在一起，抖得更厉害。

李军锋说："我们不能打着为人民服务的旗帜，骗取人民的信任，做着危害人民的事！更不能眼看着老百姓在那边喊冤叫屈，我们在这边饮酒作乐！"

第一明流泪了。

赵岩接着说："我们去你们第一门村走访了很多人。他们不知道你被双规，我们也没告诉他们。一个叫张老盼的八十多岁的老大爷对我说：'第一明是个好孩子，从小常在俺家玩，在俺家屋檐底下掏鸟蛋。那时候我就看出他有出息。他当了官以后来俺家看我，我开玩笑说：明明啊，你是从咱第一门村走出去的，别忘记给咱老百姓办好事啊。听说他干得挺好，是吧？你给他捎个话，俺村人都为他骄傲，觉得比其他村的人高半头。叫他好好干，当第一。'一个叫赵桂花的老大娘问：'明明好吧？小的时候他娘的奶不够吃，他是吃我的奶长大的。他给我长脸喽。跟他说，俺老了走路不方便了，不能去看他了，叫他有空回来看看，俺想他了……'"

第一明忽然像一头暴怒的狮子，大哭着，狂吼起来："放我出去，放我出去，放我出去！"

他呼叫着冲向门口，赵岩和李军锋没有动，也没拦他。他到了门口，折了回来，大哭道："我一个副县长算什么？我这一点犯罪事实算什么？我虽然有腐败、堕落的事实，毕竟我做过很多好事，做过有益于人民的好事……"

赵岩和李军锋没有制止他，让他哭，让他吼。

他终于哭累了，吼累了，不吼也不哭了。他慢慢低下头，蓦然跪了下去，哭叫说："张老大爷，赵大娘，乡亲们，我有罪，我对不起你们……"

（选自《北京文学》2014年第8期）

司 马 万

一

　　《大河县志》的评审稿印好了，不久就要进行省、市两级的评审，没想到县委书记贾震被双规了。昨天下午全县中层干部会上，他还在作廉政建设报告，今天早上八点一上班全县就传得沸沸扬扬：有的说是夜里带走的，并且是从床上拉起来的。有的说是早晨被带走的，他刚起床，还没顾上洗脸。还有的说在把他从床上拉起来的时候，他身边还躺着某某单位年轻漂亮的女局长。人人讲述得绘声绘色，好像就在跟前一样。其实是昨天散了会，他回到办公室后被带走的。领导干部被双规，事实材料都已经被纪检部门掌握扎实了，不久就是逮捕。

　　贾震被双规了，就意味着评审会泡汤了。因为本届县志是在贾震硬性干预的情况下，志书稿子半年就完成了。他作了序，序的前面还有他坐在办公桌前办公的照片。前面彩图部分有很多他陪领导参观大河县的照片，每卷记述他政绩的文字是最多的。现在如果就这样定稿评审，是绝对不合适了。再说了，贾震被双规后，组织上宣布由县长郑大志主持全面工作，贾震和郑大志的关系一直很"别扭"，现在县长会拨款吗？不拨款评审会就开不成。什么时候会拨款，是一个未知数。所以，参与修志的一班人都像霜打的红薯叶，蔫了吧唧的，没有了一点精神。

贾震被双规，县委、县政府像经历了一场地震，正常工作秩序被打乱，也很少有人正常上班。过去是各单位的车来往穿梭，不少单位的一把手都夹着包在县委院子里等书记，现在只有县委办公室的勤杂人员面无表情地不时地来回走动。有人把这一状况比喻成"心脏漏跳"或"休克"。人人都在观望，人人都在等待。等待什么，又都说不清。

本文的主人公本名叫师马焕，"司马万"是后来大家送他的绰号。他大学历史系毕业，写过不少历史文化方面的论文。业余爱写诗和散文，出版过论文集、诗集和散文集，对八卦也有研究。自恃才高，却才是一个副科级。在同事中人缘很好，领导却都不喜欢他：一副县长讲话经常把"条例"念成"条列"，却没有人给指出来。一次会议上他听到后，一散会就追上去说：县长，有一个字你读错了，是条例，不是条列。那位副县长脸色通红，狠狠地"剜"了他一眼。一次打击犯罪的大会上，政法书记把"恫吓"念成了"同下"，散会后他追上去说：书记，你把恫吓读错了……书记没等他说完就"砰"

　　　　　　　　　　　　　　　旅途愉快

地关上了车门。

不管别人怎么样，他依然按时上班。他刚进办公室，手机忽然响了。他看来电号码很生疏，好半天才按下接听键。果然，声音也很生疏："是师马焕吗？"

他回答说："我是。"接着就问："你是哪位？"

"我是郑大志。你到我办公室来一趟。"

他呵呵一笑说："别装熊了。谁在装熊呀？"

因为他是办公室秘书，过去书记或县长给他安排什么事，都是打电话给两办，让两办的值班人员通知他，从没有直接给他打过电话。同时，几个同事也经常用领导的口气给他开这样的玩笑，他还曾经多次上过当，成为同事茶余饭后的笑谈。师马焕正要骂更难听的，对方的口气忽然变硬了："师马焕！你在说什么？我的声音你就听不出来？现在就过来！"对方说罢，就挂断了电话。他仔细一品味，真的是郑大志的声音，额头上刹那间就浸出了一层又一层晶亮晶亮的汗珠子来。那汗珠子把他办公室里挂着的"天上日月星　人身精气神"的条幅也映了下来，这是一个书法家给他写的。他合上手机，一屁股坐在椅子上：我今天怎么了？怎么没有听出县长的声音？他现在是县长，不久就是书记，我怎么把他给骂了？他从来没有给我打过电话，今天怎么突然给我打起电话来？是贾震被双规后，我还在给贾震写材料的事传出去了？以为我跟贾震走得近，要找我的错？贾震已被双规，大家很快都知道了，我怎么就不知道呢？怎么就没一点政治敏感呢？没有政治敏感性，怎么能搞政治呢？

他正要起身去县政府，忽然又多了个心眼：是不是县长的电话呀？过去不就是因为那几个同事模仿领导的声音模仿得像，我才相信的吗？他急忙从抽屉里找到县委、政府的内部电话本，打开一看，他手机上的号码真的是县长的电话。不觉间，又有汗珠子从额头上渗出来。他从来不怕领导，不会阿谀奉迎，他也从来不骂人，认为骂人是没品位的表现。现在居然骂县长"装熊"，而且不假思索地就骂出去了。他没再多想，急忙下楼向县政府奔去。一路上几个同事问他干什么去，他"嗯""哦"地笑笑，什么也没说出来。县委和县政府就隔了一条街，加上他走得快，五分钟就到了。

郑大志的办公室和书记的办公室一样，旁边是通信员的值班室。到了郑大志办公室门口，门闭着。他轻轻地敲了两下，声音有些发颤地说："郑县长，我是师马焕……"

不一会儿，门开了一条缝，很窄的一条缝。他推开走进去，看到的却是郑大志的脊背。

"郑县长，我……对不起，我没想到是你，同事爱和我开玩笑……我想……"他一边往里走，一边解释。

郑大志径直走到办公桌前才转身给他个正面，面无表情地用手指指沙发说："坐下。"

他十分尴尬地坐下，好半天脸还在红着，一时不知道说什么好。

郑大志没理会他这时的样子，说："最近忙什么？"

"没、没忙什么……郑县长,你可别介意……"他忐忑地回答着,又要继续解释。

　　郑大志明白他说的是事实,但作为上级也不便这个时候说什么,就不和他说这个话题,于是说:"叫你来,就谈一个事,准备让你出任地方志办公室主任……"

　　师马焕一愣,刚谦虚地说个"我……"就立马就被郑大志一个手势打断了:"你也不要谦虚,你的情况我知道,很谦虚又很直,更不会阿谀奉迎、溜须拍马。你曾经在地方志办公室工作过,有经验,又对大河县的历史文化有研究,经常发表论文,《大河县志》的主编非你莫属……你不要打断我……是嫌这个地方清水衙门?这个单位是穷,没人愿意去,但是,一般人去了也不能胜任。现在县志的主编也是政府办公室一个副主任兼的。你现在是副科级,但是,宣布由你主持工作后主编就是你,等过一段就转为正科……"

　　一个县的县志就是这个县的"史书",不是一篇通讯报道,过了那几天报纸就当废品卖了;更不是领导的一个讲话稿,会议一结束就当废纸处理了。这是流传后世的东西,是马虎不得的。封建社会,县官就三件事:纳税、修志、问官司。现在修志虽然不是地方官的头等大事,但是,几十年修一次志书,牵涉到青史留名,每一个领导没有不重视的。修志是政府的事,《大河县志》编纂委员会主任尽管是郑大志的,过去他却难以左右编纂大局。现在他是县长,在主持工作,一般情况下,处在这个特殊的背景中,都会在为自己的仕途而忙碌，不会安心工作。因为现在官场很微妙，能不能被重用往往不是看你的能力，也不是看你干得好不好。他能在这个时候仍然想着工作，特别是关心修志工作，确实是很难得的。

师马焕虽然感到不理想，但很多人花十万八万才弄个正科，他不花一分钱就提拔了，不能说不是一件好事。当年他要求从地方志出来不就是想获得提拔，能一展宏图吗？现在虽然一展宏图的希望很渺茫，但能把自己多年来对大河县历史文化的研究以正史的形式确立下来，不也是对大河县的贡献和对自己的一个肯定吗？但是，他又陷入了一个矛盾中：评审稿已经印好了，贾震的照片在志前彩页中一幅又一幅，内文每卷的记述都明显地在突出他，内文的插图中也大多都是他的形象。尤其是序言，那是几易其稿，经过几个人反复修改才完成的，并排在第一位。郑大志虽然是编纂委员会主任，但他的序言才排在第二位，这一切怎么处理？同时，现在志稿的质量如何？如果质量不高，他否定前人的，不是得罪了人吗？现在的主编虽然是政府办公室副主任雷方兼任的，但雷方是正科级，他是副科级，虽然县长说准备提他为正科，但毕竟现在还不是正科。就算现在是正科级，他把雷方主编的位置顶掉，也是矛盾啊！况且，他和雷方平时见面都是兄弟相称，这些怎么协调？但不论如何，郑大志不久就是书记了，而且是很郑重地把他叫到办公室不容置疑地谈了，如果不去赴任，以后再找郑大志谈提拔，还有可能吗？他想了一会儿说："我试试吧，干好了就干，干不好还回来……"

"不，开弓没有回头箭，只能干好！就这样，回去准备吧，明天让组织部把你送去。"

二

政府机构的几十个单位都挤在一栋20世纪70年代建的办公楼里。地方史志办公室在一楼，四间房，其中两间是集体办公室，另有两间是两个副主任的办公室。雷方不是这里的正式人员，所以不在这里办公，而是在政府办公室办公。办公楼是双面楼，地方志办公室的对面是厕所，解手很方便，就是那尿臊味不太好闻。更让人难受的是那些在厕所里花天酒地般享受后又来这里休闲娱乐的苍蝇，让办公室的六个人坐卧不安。蝇拍子用坏了几个，可苍蝇前赴后继，依然如故。

师马焕上任了。陪他来的是组织部一个副部长，宣布了组织任免通知后就离开了。他上任的那天是下雨天，厕所的尿臊味更浓，远远地就可以闻到。他进办公室环顾了一下，不免心里有些凉凉的：地板虽然是水泥的，但不知道是因为质量差还是因为时间久，都烂得一块一块的。墙壁斑斑驳驳，就像起了牛皮癣，甚至露出里面的红砖头。六张办公桌都是上世纪的三斗桌，上面的油漆脱落得像秋天的云。抽屉上的拉鼻有的是用铁丝拧着，有的是用麻绳绑着。一人一把藤椅，靠背被塑料绳捆扎得花花绿绿。屋顶的吊扇，锈迹斑斑，哼哼唧唧地转着，没有多少风力。墙上有一张发黄的奖状，是

20世纪80年代中期第一轮志书出版后省地方史志办公室颁发的。这张奖状是用图钉钉上去的，图钉都已生锈，右上角已被图钉锈烂，打着卷耷拉着。同事说，笔、墨、稿纸都要到政府办公室去领，一台台式的旧电脑也是政府办公室淘汰的，只能打字，鼠标也常常失灵。因为没钱交网费，也不能上网。

当天下午，师马焕找到郑大志，把办公室的现状描述一番后说："郑县长，我怕不能胜任，还是让我回县委办公室吧……"

郑大志一绷脸："咱俩谁是县长？回去写个报告，给你拨几个钱整修一下。"

师马焕回到办公室，斗着胆写了3万元的报告，原以为郑大志最多批两万元，没想到郑大志只扫了一眼，挥笔签字："财政局：经研究同意拨付3万元整。郑大志。"

出了县长办公室的门，他就后悔报告写少了：为什么不写5万？需要3万就写3万，不是没有一点宽裕吗？虽然心里有些后悔，但是，嘴角还是露出美滋滋的笑。

没几天，办公室就被粉刷一新，并配备了电脑、空调，每个人都新换了办公桌、椅。环境改善，大家的精神面貌焕然一新，都对师马焕竖起大拇指，一致评价他有能力、有事业心，在他的领导下一定能把县志修好。

这次修志，除办公室的六名编辑外，又从全县挑选了六名文笔好的，作为特约编辑参与修志。这些同志来自不同单位，多数是干部改革中被"一刀切"切下去的：正科级五十三岁，副科级五十一岁，都改任非领导职务。说是让继续工作，其实和退休了一样，没人再上班。因为你过去是一把手，下级都围着你转，现在有人占了一把手的位置，下级是围着你转还是围着新一把手转？他们和新一把手难处，下级在他们中间也难处。就是副职也不行，因为没你的位置了，一把手也没办法给你分配工作，和正职之间也难处。他们是工作不能做，退休退不了，所以叫"一不做，二不休"。这部分人正是年富力强、有经验、能干事的时候，实在是人才的浪费。《大河县志》启动后，这六名同志被选拔过来，他们都对本部门、本系统比较熟悉，虽然都有一肚子怨气，但能展示自己的才华，因此对修志还是很尽力的。

工作稳定住以后，师马焕用了几天时间，把评审稿前前后后看了一遍。虽然看得很粗，但是，作为一个长期从事文字工作的人，他一眼就能看出很多问题来。第二天他就把几个特约编辑和本单位的编辑召集到一起开了一个会：

中国历史上有一个秉笔直书、修出"史家之绝唱，无韵之离骚"的《史记》的司马迁。不同的是，《史记》是"一家之言"，现在修志，是众手成志，是官书。我们修志者，虽然没有什么政治地位，虽然很苦，但是，大河县历史就在我们笔下，我们书写历史，历史也铭记我们。修志人情系国事民情，采编古今求实事，不仅纂喜也纂忧。非才无以叙述，非学无以搜求，非识无以厘正，而又非明于政体者无以审其益。大家都是我县的精英，既然我们做了修志者，就要抛开个人的

司马万   69

一切，简言之就是要秉笔直书！我们不是司马迁，写不出《史记》，但是，我们要学习司马迁修史的精神，要修出"县志之绝唱"的《大河县志》……

他的一番讲话，博得大家一阵热烈的掌声。从宣传部新闻科长位置上被切下来的、现任"人物"卷的特约编辑马岩，由于长期和记者打交道，处事幽默风趣，和师马焕关系也很好，绰号"一不做"，他说："我发表一个意见，你现在是修史的官了，又要学习司马迁，做司马迁第二，不，是要超过司马迁，我们干脆叫你'司马万'算了……"

"好，好……"大家哄笑着鼓起掌来。

玩笑中，"司马万"便被正式命名。过去，师马焕对给他送绰号的人很反感，这次却没有异议，竟"呵呵"一笑接受了，说："今天我们既然在修志这条路上走到了一起，那就要真正'一不做，二不休'，把我们的大河县志修好，不能再像过去那样应付。"

接着，司马万——现在不得不这样称呼他了，便把志稿存在的问题讲了一下：我们的志书尽管是众手成志，但是，要统一得像出自一个人之手一样，前后要一致，风格要统一。现在且不说我们稿子的语言文字水平，突出的问题就有几点：一是缺项，例如我们县这30年里有很多重大文物发现，龙山文化时期、大汶口文化时期的都有，结果都没写；二是数字不统一，例如全县总人口，公安局的稿子是145万，计划生育委员会的稿子是120万，乡镇的稿子是135万，统计局的稿子是130万，都不一样，这不是一个小问题；三是人物收录标准不一致，很多该收录的没有收录，不该收录的却收录了；四是地方特色不突出。我们大河县历史悠久，文化灿烂，有着独特的地域文化，我们的志稿却没有体现出来。

绰号叫"二不休"的刘云海说："公安局的初稿就这样的，是按户口册来的，应该是准确的。"

负责"计划生育卷"的纪晓言，绰号"纪晓岚"，说："计划生育是国策，计划生育委员会的数字是根据各乡镇报的，各乡镇的数字又是根据各行政村报的，应该是准确的。"

负责"乡镇卷"的李伟也不承认自己的数字不准确，不然，好像他不负责任似的，他说："我的数字是按各乡镇提供的稿子中合计出来的，所以，前面的概述中人口数字是130万。"

司马万打断他们说："不仅这些，全县土地面积也和各乡镇的数字不一样。每年的旅游收入，'旅游卷'的数字一个样，统计局的数字又是一个样。这样，我们的志书将是什么样？"

负责"旅游卷"的童强说："我的数字是根据我们县的《大河》报的数字计算的，报纸反映及时，不应该不准确吧？"接着又说："据我了解，一部好的志书，没有几年的时间，是不可能高质量完成的。我们的志书却要求半年完稿，一年内出书，各单位为了按时完成任务，草率应付，我们匆忙编辑，来不及，也没人统稿，就印制评审稿了，怎么会不出问题呢？"

李伟是编辑中年龄比较大的，也不满地说："我当时就不理解，贾震为什么要这样要求修志书：限期完稿，督察室每周一督察，完不成任务，年底取消评先资格。各单位都不去查资料，完全是应付。有的交来的甚至是工作总结，全是什么'在省委、省政府的关怀下，在市委、市政府的指导下，在县委、县政府正确领导下，在某某领导的直接指挥下……'一万字的稿子，可用的不到两千字……"

"一不做"马岩绷着脸接着说："我们的'人物卷'是怎么收录人物的？修志前没有制定严格的标准，而是要各单位把先进、典型人物报上来，那些人物简介都是自己写的，咋好咋写。可是，几个大名人一个也没有收录。"

"都是哪几个大名人？"大家都很惊奇。

"我们干部中的'四大名头'——光头、歪头、大头、秃头，'四大名眼'——小眼、斜眼、红眼、挤巴眼……"

"哈哈……"大家哄笑起来。

最后，司马万总结说："志书，不要大话、空话、假话，它是科学的资料汇编，最大的一个特点就是资料的准确性，文字叙述水平倒在其次。还有一个重要的问题，我们的志书尽管是续志，是记载1980至2009年这30年的历史，每一个阶段都应该如实记述。现在的状况是，前20多年一笔带过，记述的大多是近几年的事，说直白一点，都是贾震任书记后的事，这怎么行呢？如果我们的志书所反映的数字一塌糊涂，或者成了某一个、某几个人的功德志，我们的《大河县志》也真是县志之绝唱了……"

马岩插言说："你讲这些都是事实。你作为主编还有一个比这些更需要面对的问题：贾震是要判刑的，他的序言还要不要？他的那些照片删不删？如果原样不动，我们的县志一出版，都是一个罪犯的形象，会是什么效果？你要改变这一现状，会不会有人说你是'人走茶凉''白眼狼'？郑县长现在主持工作，马上又是书记，他的序言现在是放在第二位的，难道还放在第二位？"

大家正讨论着，政府办公室副主任雷方来了。前段时间因为是他兼任的史志办公室主任，评审稿上的主编当然也是他。他的到来，大家都很热情，让座倒茶。但也让会场弥漫着浓浓的尴尬。他说很长时间没和大家交流了，想大家了，就过来看看，没什么事。为了表示对他的尊重，司马万宣布会议结束，以后大家再交流、探讨。

雷方开门见山地说："现在我虽然不负责《大河县志》了，毕竟前段工作都是我主持完成的，我这个主编的位置你打算怎么安排？"

这是司马万早就预料到的，只是没想到他这么快就来说这个。站在他的位置上考虑，有这一想法也是很正常的。司马万有些不自然地说："我也没想过会到这里来当这个主任。说实话，还没有完全进入状态，还真没考虑这个事。我现在想的是怎样才能把《大河县志》修好。"

"你别说风凉话了。正科级，一把手，别人头被挤破了还没得到，你是得了便宜还卖乖。"

"你以为我想这个位置了？"

"想没想我不知道，你毕竟坐在这个位置上了啊？我现在想知道你把我的位置怎么放？"

"我刚才就说了，我还没有完全进入状态，还真没考虑这个事。"

雷方站起身说："你在回避我。好吧，现在你是主任，你说了算，你看着办吧。"

司马万想把郑大志的话端出来，考虑到这个时候不太合适，就又打住了，说："我想，不论谁当主编，只要能把县志修好，都是对大河县的贡献。"

"我们都是写材料的人，唱高调是我们的专业，豪言壮语是我们的特长。中华成语典故都会背一箩筐，譬如：路遥知马力，日久见人心。不识庐山真面目，只缘身在此山中。"

"你这话什么意思……"

还没等他说完，雷方又重复了刚才的话，走了。司马万忽然有一种吞下一只苍蝇的感觉：工作还没开展，已经处于矛盾中……

第二天上午，他还没从昨天的烦恼中恢复过来，正呆坐在办公桌前思考着下一步怎么办，手机响了，一看号码，是县长郑大志的。

司马万来到郑大志办公室刚坐下，就见郑大志笑了："听说你准备修出'县志之绝唱'的《大河县志》？"

司马万羞涩地一笑，说："有这个想法。"

"好。有这个想法才能修好志书。很好。"

郑大志翻着《大河县志》评审稿说："现在的县志评审稿我简单地看了看，问题可是不少呀！我作为一个外行人，没瞅几眼就发现很多问题，那要是省、市的专家来评，不是问题更多吗？譬如'只报喜不报忧'，经验要写，教训也要写；成功要写，失败也要写。基本的数字更要准确，譬如人口数字的混乱……"他把司马万已经发现的问题都讲了一遍，还有司马万没有注意到的问题。

郑大志讲完，司马万说："这些我也注意到了，昨天给编辑开会时也讲了。"他很想把昨天雷方到地方志办公室的事说说，郑大志却没有给他这个机会。

郑大志接着说："之所以选择你来负责编修《大河县志》，就是因为看到评审稿存在诸多问题，修志责任重大。我知道你有才能，才让你到这里来。让你到这里来是委屈你了。但是，又没有人可以替代你，你、我都是别无选择。"

"谢谢郑县长的信任。"

郑大志意犹未尽，说："我最崇拜的人是毛主席：掌上千秋史，胸中百万兵。眼底六洲风雨，笔下有雷声。他对志书也情有独钟。长征中，一次部队打了一个大胜仗，夜间宿营时，主席问警卫员有没有战利品，警卫员把前方刚送来的香烟和食品递了过去。主席笑笑说：'我要的不是这个，我要的是书和报纸，比如州志啦，府志啦，县志啦什么的。'警卫员这才明白主席指的战利品就是地方志。从此之后，部队每到一地，战士们都想方设法寻找地方志书和报纸。毛主席经常说：'知已知彼，才能百战百胜。'打仗要了解地情地势，如果把这个地方的山川气候、物产资源、风俗民情之类的情况掌握好，就有了取得胜利的主动权。后来走的地方多了，地方志也搜集了很多本。到了延安之后，毛主席的书便有了专人替他保管。1947年从延安撤退的时候，别的东西丢下了很多，但是他搜集的志书除一部分埋藏在当地外，大部分都跟随他转战南北，历经千辛万苦到了北京。1960年10月，毛主席来到湖北武昌，省委副秘书长梅白负责接待。当毛主席知道梅白还兼任荆门县委书记时，就问他：你这个县委书记如何当法？当听到梅白同志说没有当过县委书记，并没有多少县级领导工作经验时，毛主席说：朱熹这个人怎么样？他是理学家、政治家。他到南康府，就先看《南康志》。接着毛主席又说：领导者要尊重历史。不懂历史的人就不能理解现实。你去荆门当县委书记，至少先要知道《荆门县志》。根据毛主席的指示，梅白同志赶紧找来乾隆和光绪年间的《荆门县志》，连夜阅读，并送了毛主席一套。三天后，毛主席的秘书高智便把电话打到梅白那里，通知他马上到主席这里来。毛主席一看到他就说：我三天就看完了这两部县志，乾隆年间修的《荆门县志》是最好的一本，比光绪年间编的县志好。这说明中央政府的好坏，可以影响到地方政府的好坏。乾隆最基本的任务是团结汉人，反映出中央政权有一定开明性。毛主席还从这两部县志的编印质量看出清朝的兴盛和衰落，并对'不重修志重修衙'的不良官风进行了批评。所以，我们要以高度的责任感和事业心，认真对待修志工作。"

司马万对郑大志的这一番话非常佩服，连说："一定，一定。"

郑大志笑了笑："作为修史的官，要敢讲真话，就像你说的：秉笔直书。我看大家叫你司马万，很好，既有对你的信任，又有对你的期望和要求。我刚才讲到的那几个问题你也注意到了，尤其是那几个方面的数字，要尽快落实准确。我也是要用的，我作为县长，对全县的这些基本数据糊里糊涂，那就太不称职了。对这部志书，发现问题、解决问题、统稿是你的任务，别人解决不了的问题都是你的事。"

司马万很认真地说："我一定会竭尽全力。"

郑大志若有所思地迟疑了一下说："另外，我的序言你也要重新写，要有高度，要写出文化味，不能像报告和总结，不能叫人看了像喝白开水似的。"

"好，我给你重新起草吧。到时候你再修改。"

"有困难找我。争取早日让我看到县志之绝唱。"

司马万笑了，郑大志也笑了。

三

县长的支持和看重，使司马万初任职时的那种不平衡心理平衡了很多，雷方给他带来的烦恼也抛在了脑后。他有一个习惯，白天干工作，回到家就不讲、不想工作，要做些自己的私事：读写诗歌、散文，或者论文。今晚到家，他却破例打破自己定的规矩，给郑大志写起序言来，这里既有一种责任，也有一种情感。有了这两种东西，灵感也就来得快，不马上写出来就会坐立不安。那一串串文字就像满手的金豆子，如果不把它们及时装起来，就会从指缝里流出去：

　　国有史，家有谱，地方有志。方志国史，或系结绳，或泐甲骨，或铸钟鼎，或镂竹帛，剞劂不辍，铸就华夏文明之鸿篇浩卷。其史起于春秋，至汉称史记、书，三国称志，史、书、志成为史官写史之体例。方志发轫于周秦，至宋体例定型，明清而盛极，府县皆修，刊刻存资。修志，乃裒辑史实，取精用弘，编纂成籍，以存史、资政、教育之用。大河拥有六千年文明史，是中华民族文化的重要发祥地之一。修志不仅在于记录历史，更在于告慰古人，激励当代，启迪后世，兴我大河。古人云："以铜为鉴，可以正衣冠；以史为鉴，可以知兴替。""治天下者以史为鉴，治郡国者以志为鉴。"作为"官修"志书，是"经世致用""垂鉴后世"的权威著作，是价值巨大的历史文献，更是无价的地方文化资源。新编《大河县志》的出版，是大河县文化事业发展的一件大事，也是大河县精神文明建设的一项重要成果……

写到这里，却忽然停住了笔：还没有真正介入实际，还不知道能否达到这一愿望和目标，就开始对志书给予这么高的评价，是不是太早了点？想想，还是停了下来：等书稿基本定型了，满意了，再写吧，有的是时间。心情愉悦，放下笔便睡，不一会儿就响起了轻轻的呼噜声。直到窗外响起阵阵鸟叫，他才醒过来。

吃过早饭，到单位还不到八点。各位编辑到齐后，他先传达了县长的谈话内容，然后说："郑县长讲得很对，一部县志，基本的人口、耕地面积都弄不准，这志书还有什么权威？既然我们担负起续修《大河县志》的重担，就要有一种牺牲精神、奉献精神，一不做二不休……"

他还没讲完，大家都哈哈大笑起来。他正诧异着，忽然也忍不住笑开了。"一不做"马岩、"二不休"刘云海笑得更响。笑了一阵，编辑们纷纷诉苦，贾震没双规的时候，不少单位尽管是应付，电话也是接的。现在，电话都有来电显示，一看是史志办公室的电话，很多单位都不接。找单位的撰稿人了解东西，不是说忙，就是说不在。

他很不理解。想到自己还没有接触过实际，几方面的数字必须准确，不能马虎，就决定自己去落实一下，也跟各单位的领导和撰稿人接触接触，提提要求，为提高稿子的质量奠定基础。

公安局离县政府不远，隔两条街，直线距离就200米的样子，便先去公安局。他在县委的时候尽管是秘书，因为办公室有车，他下去可以坐车。现在虽然是单位一把手了，由于这单位没有车，他只能骑自行车。公安局临着大街，是一座四层的办公楼。楼顶上"从严治警，执法为民"八个字镀以金色，锃亮锃亮。每个字的周边都有轮廓灯，晚上灯一亮，很醒目，几里远就能看到。因为和局长很熟悉，既然来到局里了，就给局长打了个电话。局长说他现在在市里开会，让他先找办公室主任。中午不走，等他回来喝几杯。他呵呵一笑说，酒就免了，今天的任务要完成。

办公室主任姓张，过去常去县委报送材料，县委办公室主办的《工作通报》《信息快报》《内部参考》常有他写的东西，多数都是司马万给他编辑的。他进了办公室，张主任正在打电话，见他进门，打个让他先坐的手势，继续讲："我们局长现在正在市里开会，用不了几天省里对咱县的安全指数调查就开始了。县委、县政府都开过会了，要求各单位干部职工不仅自己要顾大局，拣好的说，也要求亲属、亲戚统一口径，只说好的。我们公安系统尤其要高度重视，要做好亲戚、亲属、邻居的工作。对那些被盗过、被抢过包的，给他们讲道理，让他们维护大河县的形象，不求他们说好话，尽量争取不说坏话。这次调查，一是电话调查，就是省里直接按我们县的电话号码随便打电话，联系到谁家是谁家，很具偶然性和随意性，我们根本左右不了。二是暗访，亲自到街道、百姓家，座谈了解。所以，我们干警要把工作做到每一户。无论过去是什么样，现在的回答一律是：很安全，或者很满意！"

他刚放下电话，司马万还没张开口，电话铃又响了。张主任一边去接一边说："不好意思啊……喂，我是公安局……你家被盗了？几个歹徒大白天进家去抢？你打110吧，我这是办公室……什么？你邻居说他们过去打110一个小时也没见到警察来？你再试试！"

司马万说："你现在忙，我改时间再来吧。"

"不、不，我再打几个电话就没事了。你先坐一会儿，喝杯水。哦，这样吧，先说你的事，我等会儿再打。你说，有何指示，呵呵。"

"指示不敢，我来是要落实一下我们县的人口数字，因为县志用的数字一定要准确。"

"这个嘛……说实话，我没能力把数字弄准确……"

"为什么？"司马万糊涂了，"我们不是有户籍吗？那不是很容易的事吗？"

"说实话，户籍的人口不是真实的人口。"

"你越说我越糊涂了。"

"你是老县委领导了，我也不瞒你，现在不少人都是几个户口本。譬如农村的人进城了，老户口没注销，又在城里添了户口；农村人，包括城里的人，死了的，很多户口也没注销；现在的学生，凡是家长有点头脸的，都给孩子多办了一个户口，甚至几个户口，并且年龄也要小一些，中招、高招，一边自己考，一边找人替考，拣高分上学。大家都知道这事，可是谁去落实？"

"一个人几个户口，允许吗？"

"是不允许，可是，谁控制得了呀？人情交易，权钱交易……"

正说着，一个警察推门进来。张主任热情地说："马所长来了？正准备给你打电话呢。"

"谢谢主任，主任要亲自给我打电话，倍感荣幸，受宠若惊……"

"别贫嘴了，你们大安乡安全指数调查没问题吧？"

马所长笑笑："让说实话还是让说瞎话？现在谁敢保证都给我们说好话？尤其是电话调查，被调查的人怎么说，我们会知道？现在的人和过去的不一样了，你越不让他怎么，他偏偏怎么。表面都给你答应得很好，到时候，他们该怎么还是怎么……"

司马万忽然想起什么，问："马所长，你们大安乡不是有20个行政村吗？你们乡给县志提供的稿子怎么是21个行政村？据我掌握的情况，没有一个两千多人的张大庄行政村啊？"

马所长不好意思地笑笑说："那是去年省厅领导来调查犯罪率，虚报了一个。这是没办法的事，人口多了，犯罪率不就减少了吗？这样的材料是应付检查的，乡政府不应该这样报啊。你别问我，我没说，我什么也没说，呵呵……"

司马万不知道是怎么回到单位的。说不清心里是苦是甜、是酸是辣。想要几个准确的数字就这么困难，其他不是更难？但是，他已经没有退路了。开台锣鼓刚刚敲响，正戏还没唱，怎么就能谢幕？这不可能，也不是他的个性。

公安局提供的人口数字是不能采用了，只能再去计划生育委员会。

下午上班后，他一个电话也不打，直接去了计划生育委员会。他汲取公安局教训，不找一般人员，就找一把手，一把手不了解的，可以直接安排，事半功倍，这是他在县委多年来的工作经验。到了计生委，恰好遇上主任邱成玉准备上车。他说明来意，邱主任伸手把他拉上车："省计划生育检查组来了，我必须陪。为了证实此事的真实性，你和我坐一辆车，看看是不是，别再说我忽悠你。另外，我们可以在车上边走边说，我知道的我说，我说不清楚的，安排人给你落实……"

"好！"司马万也很高兴，"我们的工作效率也只有这样了，谢谢邱主任的支持。"

"我们先不说这，我先把检查的事再问一下。检查组的人在宾馆住着呢，我再问问几个被检查的乡镇准备好了没有，这次马虎不得，要一票否决，牵涉到领导的乌纱帽，不能不细致。"他说着，忙用手机拨通了一个副主任的手机："怎么样？是按咱设计的检查路线吧？……什么？要临时抽签？你怎么不提前告诉我？要是抽着好的乡镇什么事也没有，要是抽着那几个落后乡，你我都辞职吧……"

邱主任的脸色变得很暗，让司机停车，等候抽签的消息。不一会儿，手机响了，他急不可耐地说："怎么样？都是哪几个乡？说呀……"他说着，手机铃依然响着，原来没打开接听盖。他一打开接听盖，就听到对方焦急的声音："邱主任，

司马万

不好了，恰好抽住了光耀乡。"

邱主任半天没话，忽然说："你跟他们说，前几天下雨，去光耀乡的路全是泥，现在车过不去……说过了？他们坚持去……"他想了一会儿，说："好，你别害怕了，答应他们。你要想法拖延时间，让司机用最慢的速度开车就行了。"邱主任讲完，立即拨通了光耀乡党委书记的电话："杨书记，这次检查抽着你们了……是检查组突然变卦，坚持抽签……怎么办？我给你出一招：去你们乡就那一条路，必走码头沟桥，你现在抓紧时间组织人把那桥拆了……什么呀，你怎么那么笨蛋呀，用不着拆完，掀掉几块桥板，车过不去就可以了……你是大处不看小处看，那能费几个钱？帽子重要还是桥重要？政治重要还是钱重要？检查组一走，马上维修不就行了？影响几个小时交通天会塌下来？"挂了电话，邱主任长长地出口气，轻松地、甜甜地笑了，对司机说："停车，不急了，我和司主任下车抽支烟。"

"怎么在这里抽起烟来？不是见检查组的领导吗？"

邱主任也不接他的话，掏出一盒中华烟，抽出一支递给他说："我们不陪，他们自己去检查才能检查出真实性……你发什么呆？这烟是省领导来了才买的，我平时哪敢抽这烟呀？一点儿也没忽悠你。你嫌贵，不想抽就还给我，呵呵。"

"你刚才猴急，这会儿轻松自在，什么时候学会变脸术了？"

"好了，别'调戏'我了，抽你的烟吧。"

点上烟，司马万问：“邱主任，你们的人口数字怎么和公安局的人口数字差距那么大？”

邱主任没有回答他，望着田野：“你看今年秋庄稼长得多好！你看那块玉米，青枝绿叶，棒子又粗又长。那片大豆长势也好，像绿色的海洋一样。”说着他唱起歌来：“我们的家乡，在希望的田野上，炊烟在新建的住房上飘荡，小河在美丽的村庄旁流淌……”

“你先别唱，等完成我的任务了，哪天我请你去恋歌房唱。”

“你在县委那么多年，怎么会不知道这中间的弯弯？公安局是给钱就办户口，人口会不多？我们要向上汇报计划生育率，计划生育率要一年比一年低领导才满意，我们是尽量少报，人口数字差距会小了吗？村蒙乡，乡蒙县，一直蒙到国务院……准确数字我也弄不了。”

“你说，我们谁都弄不准？”

“基本是这样。我给你出个主意……”

“不是拆桥吧？”

“呵呵……”两个人都笑了。

“你哪儿也别去调查了，哪一个人、哪几个人不可能把人口数字弄准的。就找统计局，以他们的数据为准就行了。”

司马万不高兴了：“你让我等了半天，什么也没告诉我呀，这不是糊弄人吗？你糊弄计划生育检查，也糊弄我？”

“我糊弄你了吗？最后不是告诉你实话了吗？”

是的，邱主任是没有糊弄他，他毕竟说了实话。

下午，他不得不去统计局。没想到，局长、副局长都不在。办公室主任告诉他，今年的数字还没出来。他说，不要今年的数字，本届志书的下限是2009年，只要2009年和过去每年的数字。办公室主任答非所问地说，过去统计局也是个清水衙门，现在，领导重视了，每年都拨很多钱，节日奖金多了，年年都出去旅游，祖国的大好河山我们几乎都游遍了。局长计划今年去香港、台湾呢。司马万不明白，问他们的日子怎么那么好。回答说，为了在全省争先进，年年县里都要拨付协调资金，到省里、市里协调统计数字，数字低的要加高，不然，凭什么当先进呀？

司马万"哦"了一声，说改日再来，就告辞了。

四

司马万早已"无纸化办公"，写材料、写论文、写文学作品都是用电脑。第二天，他在网上搜索修志方面的经验材料，无意中搜索到一个令人十分震惊的信息：大河县在明代嘉靖年间就有了《大河县志》。这是《方志考》中的一篇论文里提到的。该志是一个孤本，现藏于滨江市一座明代藏书楼中。司马万之所以震惊，是因为他看到的清朝以来的《大河县志》都没有提到过早在明代大河县就有了县志，上届志书的序言里说大河县自清康熙时才有修志之举。现在发现大河县明代就有县志了，那序言不是大错了吗？对错倒在其次，是那时候没发现该志书，是失传了。关键是现在知道了，一定要把它找回来，不仅是写进本届志书，更重要的是一定能从那里得到很多珍贵的史料。

司马万把这一消息告诉了郑大志。郑大志也很高兴，说："一定要尽快落实求证，一旦属实，一定要设法影印出版，抢救这一古籍。"

他来到办公室把这一消息传达给大家，大家都欢呼起来：如果是真的，那就改写了大河县有志的历史了。

马岩说："巧了，我们县有一个在滨江市搞房地产开发的，现在是老板，叫牛帆，和我们县的几个领导都熟悉，我们领导去滨江，他都盛情款待，这次修志贾震特别安排让他上了人物简介。你不如趁去滨江落实这一志书的时候，也了解一下牛帆。关于他能不能入志，大家正有争议呢。"

"有他的联系方式吗？"

"有，他的简介就是他自己写的，我这里有他的信封，有电话、有地址。过去大家想让我去了解一下，没有经费，我不可能自己拿工资去，所以就一直没去。"

李伟插话说："'人物卷'中，企业人物太多、太烂，并且简介都是自己写的，有很多资料我们这一班编辑都不了解。他们自己介绍说曾经获得过什么什么荣誉、做过什么什么慈善事业，是真是假，不得而知。我还是坚持我的观点：入志人物，尤其是企业人物，不能看他有多少钱，要看这个人是否立得住。"

司马万做事既认真又雷厉风行，为了查证明代《大河县志》，他放下其他工作，夜里起程，第二天就到了滨江市。在他登上火车的时候，办公室的人已经把这一消息告诉了牛帆。

　　司马万知道，孤本书的管理是很严的。他曾经去国家图书馆古籍部查阅过善本书，进阅览室不准带水杯、钢笔，不准拍照，不准用手指直接掀书，不准往下按书，只能在他们特制的阅读架上用特制的掀书工具掀。在那里，孤本书不允许阅读，他们都拍成了胶片，只能在阅读器上读胶片本。滨江市藏书楼是否也管理这么严，他不敢说，也没抱太大的希望，只要能证实大河县确实在明代嘉靖年间就有了《大河县志》，知道它纂修的具体时间、多少卷、纂修人是谁就满足了。当然，能允许复印，回来后能原版影印那更是求之不得。所以，他准备在查证志书后再联系牛帆，了解一下他的经历和业绩。没想到，火车一到站，他的手机就响了，是牛帆打来的，说已在出站口等他，手里举着"迎接史志专家司马万"的红色牌子。司马万自己也笑了：来到史志办公室改名换姓了，内外都这样叫，还是专家！怪不得现在所谓的专家贬值：不论你有没有水平，有人给你吹捧，不知道的人就跟着说你有水平，你就是"专家"了。舆论确实厉害！

　　司马万一出站，就看见不远处有一个面色黝黑但很精神的人举着"迎接史志专家司马万"的红色牌子，他知道此人就是牛帆，便迎面走了上去。牛帆紧紧地握住他的手说："欢迎，欢迎家乡的父母官来滨江市考察。"

司马万笑着说："不敢这样，受用不起，我是一个小小的科级干部，算不上官。我是来学习的，不考察。"

"你是政府官员，在我们眼里就是父母官，领导外出就是考察。"

"谢谢你来接我，耽误你的工作，给你添麻烦了。"

"司主任这样说就外气了。老乡见老乡，两眼泪汪汪。我激动得眼泪就快流出来了，呵呵。"

牛帆开的是一辆崭新的奥迪车，驶出车站不一会儿就进入了宽敞的大道。大约行驶了半个小时，又转了一个弯，眼前就出现了一片明代建筑，与周围的高楼形成鲜明的对比。到了大门前，直见一幢单檐歇山式大门的上方悬挂着一块匾额，上书：滨江市藏书楼。门两边的抱柱联是：左耸莲峰岚气熏凝呈锦绣，右擎史塔笔花卓峙焕文章。牛帆为他买了门票，把他送进门说："到了这里我就是个'睁眼瞎'，你办完事给我打电话，工程上有点事，我先离开一会儿。"

司马万说："已经很感谢了。你去忙，下面的事宜我自己安排。"

"那怎么行？中午的饭我已经安排好了。"

"我在这里停留的时间很短，办完事想用有限的时间多看看，中午就不麻烦了。"

"也好。宾馆已经订下，晚饭我安排，一定不要再推辞。傍晚的时候你告诉我你所在位置，我去接你。"

话别牛帆，司马万又买了一份藏书楼简介，对此有了更深的了解：南宋时期中国文化中心南移，浙江一带的大学问家、大藏书家、大文豪、大商人层出不穷，私人兴办的书院也不计其数。其中最为著名的大藏书家就是这里，他这座私人藏书楼被称为我国现存最早的私人藏书楼之一，全国重点文物保护单位。这里既是藏书楼，也是滨江市一个旅游景点。服务人员很热情，看了他的介绍信，听他说明了来意，便立即从电脑里给予查询，并很快从恒温的书库里给他拿了出来。司马万把志书捧在手里，激动得像当年得了宝贝儿子一样脸红心跳。遗憾的是，允许看，允许抄，就是不允许复印，不允许拍照。他虽然甚感遗憾，但是，这并没有影响他的激动，毕竟见到了大河县最早的史书，而且是孤本。虽然今天不能在这里抄，以后总会有机会的。

由于心情高兴，他出了藏书楼，便按照滨江市旅游图，挑主要景点进行参观。最后，他到了海边。他过去没有到过海边，这是他第一次看到大海。望着无边无际的大海，望着大海上翻滚的波浪，他心旷神怡，忍不住脱掉鞋子，赤脚在沙滩上徜徉起来。沙滩很柔，一脚下去就是一个沙坑。而水边的沙却很瓷实。水浪不时地打来，但不是太大，让他很惬意。他一直往前走，一直走到沙滩尽头，走到没有游客的地方，才转回身来。即将登岸时，他禁不住打起了"车轱辘"。这是少年的事了，此时有一种回到少年的感觉。

晚上，牛帆盛情款待，并安排他住进了五星级酒店。这酒店依山傍水，前面是河，后面是山。进了大门是一个绿树成荫的花园。花园里有音乐喷泉，各种石雕小品，古朴典雅。百年古榕，郁郁葱葱。各种名贵花草，争奇斗艳。西式的浪漫与中式的和谐，自然的呼吸与都市的脉搏，在这里完美统一。客房面积40平方米以上，配有65英寸平面液晶电视、可旋转高清浴室电视、飞利浦 DVD 播放器、BOS 家庭影院、VOD 点播、无线及光纤高速上网。"席梦思"甜梦之床，埃及棉麻、顶级羽绒、美式洗涤护理用品。

吃过饭，他参观了一个小时的滨江市夜景才回到酒店。他打开房间门不禁愣了：床边坐着一个穿着超短裙、露着半个乳房、身材窈窕的性感女孩。她正在看电视，一见他进来，立即起身迎到他的面前。他紧张地说："小姐，这是我的房间，你进错房间了吧？"

她飞给他一个媚眼说："是啊，这是你的房间。"

"你怎么到我房间来了？怎么进来的？"

"是牛总安排我来陪你的。大哥，今天夜里我就属于你了，我会让你销魂的……"

司马万先是憎恨牛帆，但没有来得及多憎恨，便急忙去推已经搂住他脖子的小姐："你、你……别、别……小姐，你这么年轻漂亮，干点正经事多好，也应该很有作为的，为什么偏偏干这下贱的事呢？"

小姐忽然松了手，黑下脸说："你怎么这样说话？我怎么就下贱了？作家靠他的大脑，歌唱家靠他的嗓子，都是用自己的器官挣钱。我用我的器官挣钱，怎么是下贱？我们社会底层的女人靠器官挣钱是卖淫、下贱，当官的女人靠和上司睡觉升官发财不是卖淫？当官的男人贪污受贿搞女人不是下贱？……"

"我不是当官的……你什么也不要说了，我不需要你服务，你赶快走吧！"

"走？那好，付钱吧……"

"付钱？我没让你服务怎么会付给你钱？"

"你耽误了我的时间，时间就是金钱。服务和耽误时间一样，都是要付钱的，不是你，我早挣到钱了。"

"你……"司马万张口结舌，不知道说什么好，"我没让你来，不存在我耽误你的时间。你再纠缠我报警了！"

"呵呵，报警？好啊，报吧。告诉你，他们都是我的服务对象，他们还靠我们挣钱呢，他们当着你的面把我带走了，那是我们到一边玩去了，后来被罚钱的是你，说不定还叫你们领导来领人呢……"

"你，你要多少钱？"

"不多，就一千块钱。"

司马万简直要晕了。他明白牛帆已经给过她钱了，但是，现在怎么可以和她纠缠呢？万一她大叫着说和她怎么了，闹腾出去不是更出丑吗？他不知道给了小姐多少钱，小姐是怎么走的，一夜无眠。

五

从滨江市回到大河县，司马万重新拟定了一个人物入志的标准，并开会强调说："要对每个入志人物调查了解，不能亲自到该人物单位了解的，所写简介或传记一律由原单位加盖公章，一定要保证人物事迹的准确性和入志人物的严肃性。"

按照入志人物的规定，他先认真地看起每个人物的介绍来。过去他只是泛泛地看看，并没有认真思考。他发现，不仅不少不该入志的入志了，很多在全县很有成就的作家、书法家都没有入志，包括舍己救人牺牲的英雄居然也没入志。他正为此而窝火，这时负责《大事记》的编辑让他审阅大事记，他没看几页就发起脾气来：

"什么叫大事？大事就是发生在大河县的重大事件。我们现在的大事记成了什么？ 1999年7月8日孟楼村孟大梁家的一只老母鸡下了一个0.65斤的鸡蛋。这是大事吗？这么大的鸡蛋确实很少，但是，这是新闻，怎么是大事？ 2006年6月6日，××保健品有限公司奠基，贾震出席仪式并作重要讲话。2006年8月6日，××国际酒店奠基，贾震出席仪式并作重要讲话。这两个奠基仪式都有，但是，最后都建成了吗？都是骗走大河县上千万元资金，没影了，怎么还可以记入大事记？为了扩大大河县的知名度，新闻炒作怎么炒都可以，我们理解。但是，我们记载历史的怎么可以记载虚假的东西呢？……"

编辑不好意思地说："我是从我们县委机关报《大河》上

摘录的，我们报纸头版头条的新闻能不是我们的大事吗？这也是雷方主任安排这样做的。"

司马万苦笑道："有人曾经开玩笑说，现在的报纸，除年月日是真实的以外，其他都是假的。这话虽然极端，但也告诫我们写志不能以新闻为准，要以实际发生的为准。这就是志书不同于其他书的地方，这就是它的权威性所在。"

正说着，雷方进来了："那两个奠基仪式不是实际发生了吗？怎么不可以记入县志？"

原来，雷方已在外面听了一会儿。司马万正生着气，看他这盛气凌人的样子，也不客气，两个人便争吵起来。

"我说的实际发生，是要有结果。那两个奠基仪式在当时是新闻，但后来没有实施，并被证明是个骗局，志书就不可以记载。若记载，也应当是教训，是领导失察和决策失误，是给大河县带来了重大损失，是教训，而不是成绩。"

雷方是贾震的亲戚，是贾震把他从外县调来的。他原是一般干部，到大河县直接提拔为正科级干部，准备以这里为跳板，待完成县志后安排到重要位置。他没想到，这个时候贾震被双规了。他感慨自己命运不济，心里很窝火，此次来是为了主编的事。心里说：尽管你现在是主任，前期工作是我做的，你再怎么修改，主编也应该是我，你司马万只能是副主编。听到司马万否定自己和贾震，不由得想到：按照他现在的思路和要求，《大河县志》原来的稿子作废了，这等于重修，这样下去想在县志上署主编名还有什么希望？同时，他也没想到司马万会否定贾震，便有些忍无可忍："我们县每年国民生产总值都与实际有距离，但是，年年的政府工作报告都是这样写的，都是这样上报的。不要说是我们县，市里、省里也都是这样，什么招商会、经贸洽谈会签约多少多少亿元、多少多少项目，实际是那样吗？难道我们把政府工作报告、把这些事实都给否定了？"

"谁怎么搞虚假、搞浮夸我管不了，但是，我是在修志，我要如实记述，秉笔直书……"

"那么多的入志人物，已经都答应他们了，也印到评审稿上了，你又制定了一个什么标准，一下子删了一半，这不是你自己的创作，这是官书，不能是你说了算，你想怎么就怎么……"

"是的，你说得很对，这是官书，不能是哪一个人说了算。最后定稿还要经过编纂委员会审查。"

在人们的劝解下，争吵才结束。

第二天一上班，他刚坐到办公桌前准备审稿，电话便响起来。他抓起话筒还没说出"喂"字，对方就连珠炮似的奚落起来："你是司马万，大河县地方史志办公室主任是吧？好大好有权力的一个官……你以为你了不起了是吧？算什么呀，谁看得起呀？不就是修志时才有点用处吗？屁都不如，给我我还不干呢！"

没容他说话，对方"啪"的一声就把电话挂了。

他没有得罪过什么人，除了工作上的事，跟谁都没有红过脸，这是怎么了？正百思不得其解时，电话又响了。他以为又是刚才的那个人，急忙抓起话筒说："你是谁？你什么意思？"

对方的声音让他愣住了，不是刚才的那个声音："你这主任这么大的威风？居然用这样的口气接电话！我是谁现在不告诉你，但是，也不是叫花子。我现在什么都不缺，什么都有了，就想出名，想在大河县历史上留个名，想让我的子孙后代为我荣耀荣耀。但是，我已在你要删掉的名单里……你们是收了我的钱的，我一下子赞助了几万块钱，不让我入志，不仅仅是退钱那么简单……"

有人被删掉不高兴，可以理解，但是，给钱就入志这是司马万没有想到的。什么都向钱看，成了什么？修志也沾上铜臭，还有什么干净的地方？这些情况他有思想准备，但没想到来得这么突然，以这种形式。他虽然很生气，但很快就坦然了，什么也没发生似的看起稿子来。让他还没想到的是，稿子不仅是数字混乱、概念不清的问题，不少单位的稿子是从网上下载的，或者抄袭外县的志书，除了数字变了一下，记述文字居然整页、整段都一样。他立即打电话把几个编辑召集过来开会。听他介绍完情况，负责"政法卷"的刘云海感叹说："据我所知，公检法司都缺少笔杆子，一是确实没人才，二是能掭动笔的也不想写，为什么？劳心劳力没油水。"

负责"乡镇卷"的李伟说："我接触过的几个撰稿人说，平时提拔、有好处的事领导看不着，呕心沥血的事，需要歌功颂德的时候想起来了能写的人。他们不敢不写，所以就应付。"

负责"旅游卷"的童强说："能从网上下载抄袭者算是聪明的了，有的居然把工作总结和汇报材料都交来了。能按领导的要求在这么短的时间里把评审稿印出来，大家已经很尽力了……"

马岩打断他说："我们这工作够枯燥的了，不要一开会就弄得都很压抑，我给大家读一个信息，放松一下：领导是篮球，既要紧跟又要使劲拍；群众是排球，既要主动接球又要加强拦网；工作是乒乓球，在台上来回推挡不能停下；问题是羽毛球，一定要把它困在对方的场地；棘手的事是网球，一定要大力扣杀才能造成对手丢分；调查研究是水球，半天不入门还浮在水上；伺候领导是曲棍球，永远弓着腰跑来跑去。"

大家笑了一阵，气氛轻松了许多。马岩也见好就收，一本正经地说："好了，继续探讨志书存在的问题。"

司马万过去没有深入地和大家交谈，不了解这些"内幕"，听了大家的议论，才感到担子很重，其重量远远超过他的预想。

他把这一段的工作情况及发现的问题都一一给郑大志作了汇报，要求重修《大河县志》和进行撰稿人员培训。他的这一建议得到了郑大志的肯定。

六

经过几天的筹备，"《大河县志》重新启动暨撰稿人员培训班"在县政府的一个大型会议室举行。参加会议的有各单位主抓文化的副职和文笔比较好的撰稿人员。郑大志参加会议并作了"高度重视，秉笔直书"的讲话。郑大志讲完即离开会场，司马万则就如何撰写志书作了两个小时的业务讲座：

　　一个地方的文化流淌在它的历史长河中，记载在它的志书里。没有志书，就很难看到随着河流漂向远方的文明，和因为厚重而沉积在河流下面的灿烂。因此说，志书是一个地方文化最好的见证，是让前人和历史说话的代言者。史书是述史，志书是存史。史书在结构上采用"竖排横写"，即按时间发展纵排大篇，每篇横写经济和社会发展的方方面面。志书采用"横排竖写"的结构方式，即横排分类，竖写发展过程。史是一条线，志是一大片。首先说志书的语言，它不是通讯、不是公文、不是论文、不是教科书，更不是小说、散文等文学语言，是什么？志书的任务是"记述"，这就决定了它只能使用记述体，而不能使用其他文体。要求准确严谨、朴素真实、述而不议、文约事丰、图文并茂又要图从于文。志书语言风格可概括为"信、达、简、雅"四个字。即要求志文要真实可信，文辞通达，言简意赅，优美典雅。作为

　　　　　　　　　　　　　　　　旅途愉快

志书语言风格之一的"信"，含有真实可信、正确无误、不浮泛、不虚假等含义。作为志书语言风格之一的"达"，即表述明达、文辞通达、不晦涩。简，即简明扼要、言简意赅、不啰唆。雅，即正确规范、优美典雅、有文采、不粗俗，雅是信、达、简的完美结合和艺术升华。文之不雅，传而不远⋯⋯

接着，他从目前志书稿子存在的问题作了举例，使在座的每个人都口服心服。他特别强调：人，是生不立传的。我们现在的稿子为了宣传歌颂某个人，居然给他写了几千字，列入传记里，这是知识性的错误，是硬伤。另外，我们的志稿地域特色没有突出出来。我们县城是历史文化名城，不仅文物古迹星罗棋布，非物质文化遗产也丰富多彩，可是，文物古迹只写了一部分，非物质文化遗产没有涉及。伏羲文化，尤其是伏羲先天八卦在我们这里起源，是我们最具地方特色的非物质文化遗产，影响到东南亚、日本、美国等，韩国的国旗就是八卦符号，我们的志书里，居然只字未提⋯⋯

由于这次修志要求高，影响大，也因为司马万知识的全面和切中要害，在全县引起很大轰动。

晚上回到家，已是万家灯火。妻子把饭菜放在餐桌上，边看电视边等他。他进了屋，好半天没有一句话。妻子看着他，诧异地说："很沉重的样子，没见你这样过呀，怎么了？"

他忽然轻松地一笑说："我沉重了吗？没有呀。呵呵，我怎么会沉重？我很乐观，很超脱，呵呵……"说着，学着小青年跳起街舞来。

"没有就没有。不过，我告诉你，自从你去地方志开始修志以后，你明显地瘦了。你呀，落伍了，你往身边看看，谁还乐意搞这些枯燥无味、掏力不落好、劳动没实惠的东西？应付过去就行了，何必这么认真、这么自讨苦吃呢？"

司马万瞅瞅她，没说话，也没了笑容，向书房走去。他的书房很大，四壁除了书柜什么也没有。室内有一张床，床上也是书。他的家是妻子的，准确地说是妻子的父亲给他们的。妻子出身书香门第，她的祖上已有几代人居住在大河县城。她的父亲琴棋书画都有建树，所以喜欢司马万这个善于学习、很有文采的农村娃，还把女儿许配给他，并把这一宅地和房屋给了他们。这是一座传统的四合院，院子里栽满了竹子和各种花卉，春夏秋院子里蝶飞蜂鸣。时值夏末秋初，气温凉爽适宜。司马万进屋写了一阵，忽然停了下来。他习惯性地打开窗户，伸展了一下懒腰，蓦然感到被什么撞了个满怀，寻思片刻也没发现什么，定睛一看，才知道是那浓浓的月光和沙沙的竹叶声。他不由得想到著名学者李渔为山西王家大院题写的一副楹联：篱簌风敲三径竹，玲珑月照一床书。

书，是他的至爱；读书，是他的快乐；书房，是他的自由空间，是他可以放纵、奔跑的大海、草原。他进得屋来是想忘掉因为修志带来的烦恼，排解心中的郁闷。没想到，他不想志书了，却因为看到这充满诗意的庭院，因为刚才对爱人不友好的一瞥，让他想起了爱人。爱人叫李芸，是岳父的独生女，掌上明珠。她不仅长得漂亮，而且贤惠，对他知冷知热，关怀备至。他的父母都是农民，没有文化，但她待他们像自己的父母一样。她为他付出很多，牺牲很多，而他却没有给她带来多少幸福和快乐。他的工资大多都用在了买书上，抚养孩子和生活，基本都靠李芸。他想在事业上有所成就，而命运却不成就他。不仅如此，还往往作弄他，让他付出得多，收获得少。他不知为领导写了多少总结、报告、讲话稿、经验材料，领导都提拔了，他还一直在副科级的位置上徘徊。想到这里，他不禁想起郑大志，想起郑大志交给他的任务。自从那天郑大志找他谈话后，他心里就有了成就感和自豪感——终于有领导看重他，认可他。所以，他把自己的所有精力都投放到了志书上。为了修好志书，很久没有照顾过李芸，就连陪她散步、聊天的时间也没有了。想到刚才的态度，感到很对不住她，于是换上笑脸，走出书房，编个谎话，笑道："中午在饭店可能吃了不卫生的东西，一下午肚子发胀，刚才忽然肚子疼，进书房'哂哂'爆了几个响屁，哈哈，万事大吉。"

李芸故作惊讶地说："我说呢，我说你脸色有些不对，原来是这样。好，万事大吉就好，我们吃饭吧。"

为了使气氛更融洽，司马万边吃饭，边讲笑话："李芸，你猜我今天上午听到一个什么笑话？"

"什么笑话？"李芸表现得很好奇，很想听。

"县政府有一姓马的特别爱抬杠，外号'杠协主席'。一次，他下乡帮助农民抗旱，天天和农民一起挑水浇地，累得都快散架了，一天也不想在农村待了。这天突然下了一场大雨，干旱的问题解决了，可回家的路又不能走了。老马很生气，在塘边看见戏水的白鹅'啊——啊——'地叫，便自言自语道：哎，这鹅它怎么叫恁响呢？旁边一个农民不知道他是杠协主席，就接了一句：那是因为鹅的脖子长。老马问：塘里的青蛙脖子短，它又为啥叫恁响呢？农民说：青蛙叫得响是因为青蛙的嘴大。老马一指树上的知了，又问：知了的嘴小，像一根针，它又为什么叫得恁响呢？农民说：知了叫得响是因为它会飞。老马再问：地雷不会飞——咚的一声，比知了还响。农民说：地雷响是因为肚子里有药。老马又问：中药铺里的药多，为什么不响呢？农民半天没接上。老马看着接不上来的农民，心里美美滋滋的，指着塘里的鸭子又问：这鸭子在水里为什么漂呀？这农民也是个好抬杠的主，说：鸭子漂是因为身上有毛。老马问：葫芦身上没毛，它为什么也漂？农民答：葫芦漂是因为它是圆的。老马再问：铅球也是圆的，它为什么不漂？农民说：铅球不漂是因为肚里没籽。老马又问：皮球肚里也没有籽，为什么漂？农民答：皮球漂是因为肚子里有气。老马又问：投河寻短见的人淹死了，一肚子气，为什么没有漂？"

　　李芸听着，笑个不停。司马万为了进一步"安抚"李芸，破例不加班写稿子，等李芸洗了澡出来，一把把她抱了起来。李芸笑着，捶着他的肩膀，然后双手搂住了他的脖子……

七

　　按照要求，很多单位在规定的时间内都完成了初稿，内容充实了很多，质量提高了很多。但是，建设局、财政局等几个重要单位的稿子依然不能用：建设局的只有过去的内容，最近十年的变化则一笔带过；财政局的则只写了最近几年的工作，过去的一笔带过。城市建设、财政收入在志书里是重头戏，怎么可以这样写？分管编辑说：财政局的说过去的资料都找不到了，还说局长安排就这样写，稿子返回去几次，再交来还是没多大变化。

　　城建和财政是最能反映时代发展的两块内容，需要大量的数据，缺少这些，志书就会失色。原来以为这些单位不需要他"亲自出马"了，现在看来他不出面很难把这两块内容写好。

　　由于财政局距县政府比较近，他就先奔向财政局。他刚到财政局附近新建的财政局家属院，就看到一辆车正在装家具，是从楼上往下搬。几个帮忙的他也认识，多数是财政局领导的亲属。他们也都认识司马万，看他年轻，又是个男性，就喊他来帮忙。他到了跟前，问："这是给谁家搬家呀？"

　　一个他不认识的男人很生气地说："局长的儿子家。他仗着老子是局长，和我妹妹结婚不到一个月，就打了我妹妹十次，还往我妹妹头上扣屎盆子，说我妹妹有外遇。他们正在法院办离婚呢。既然这样了，俺给妹妹陪送的家具不能给他吧……他们有权有势，离了婚还找大闺女，可是，害了我妹妹呀……"

司马万不知道怎么说，这种事，现在谁能说得清？包拯都说清官难断家务事。他虽然没说什么，见局长的邻居都帮忙，也帮着往车上放了几件电器。家具装完，车就开走了。帮忙的邻居叹了一会儿气，就有一个人讲起笑话来，不知道是否有所指：昨天我听到一个笑话，说有一丈夫听说妻子有外遇，就设计报复。一天夜里乘妻子熟睡，在妻子乳头上擦了浓缩鼠药。第二天，妻子迟归，丈夫问何故，妻子悲愤交加地说：我们领导中毒身亡了！丈夫问：知道是谁干的吗？妻子说：凶手很狡猾，通过什么途径投的毒连警察都没法查出来。不过已经有线索了，正在调查城里的几家奶粉店。丈夫问为什么，妻子说：领导咽气时曾说：天哪，世上还有放心奶吗？几个人听了，都大笑起来。司马万不知道是想笑还是想骂人，转过身去了财政局。

县财政局坐落在县城的东南角，是一座独立的院子。他到了局长办公室门口，见门开着，就直接进去了。这种情况是很少见的。平时各个单位来要钱的人都是排队等候，不是会计就是单位一把手，进去后立刻把门关上。进去的出来了，再进去的又把门关上。今天对他来说是绝无仅有的。他很高兴有这个机会。可是，局长万政并没在办公室内。他想，万局长可能解手去了。他不想闲着，就去局长办公桌上拿了一份报纸来看。刚转身准备坐到办公桌对面的沙发上看报纸，万局长进来了，一看到他，惊奇地问："你怎么进来的？"

他笑着说："看里面没人，我就进来了。"

万局长脸色黑了下来："我问你是怎么进来的？"

司马万看到万局长不高兴，就红着脸说："我来的时候门开着，以为你解手去了，就进来了……"他本想先问问他儿子的事，以示关心，拉拉近乎，现在只好回答问话。

万局长也不再说什么，径直走到老板椅上坐下来，忙去检查抽屉，发现抽屉已经开了。他拉开一看，脸色就青了："我的钥匙一上午都没找到，一直没进屋。我去找钥匙才回来，你却在我屋里……"

"万局长，你这是什么意思？"司马万脸色也青了，"我来的时候门确实是开着的……"

万局长没听他说什么，直接给公安局长拨了电话："局长，我是万政……你立即派两个人来我办公室，我的办公室被盗了！"

司马万气得想跳："万局长，你说是我？"

"我没说是你，但是，你要跟公安局把情况说清楚！"

司马万真的跳了起来："我不说清楚，我什么都不说……"说着，他就大步走出了万局长的办公室。可是，他刚下楼，就被两个警拦住了。先让他在一个屋里等着，说："等我们到局长办公室勘查了现场再说。你越走越说不清楚。"

司马万只能等。一个小时后，两个警察从万局长屋里出来走到他跟前，一个说："我姓王，他姓夏。这里不便说，你跟我们到局里去吧。"

"为什么？为什么？岂有此理！"公安局他经常去，这种情况下去，他真的忍受不了。他虽然不认识这两个警察，但是，他们却熟悉他，也很客气。王警察说："我们理解你，但是，这是我们的职责，也是程序。既然局长办公室被盗，你又刚好进了局长办公室，你不得把情况说清楚吗？"

"要说就在这儿说。我是进了他的办公室，我看他办公室的门开着，就进去了。从进去到拿张报纸，前后不到三分钟，我进了他办公室就没再离开，就这么简单。"

夏警察说："关键是太巧了。他的钥匙丢了，门一直没开。他去找钥匙没找到，回来准备撬门，发现你在办公室。他检查一下，丢了相当可观的现金，还有几块玉石，分别是汗血宝玉、虎皮玉、鹰皮玉、羊脂玉。其中一块汗血宝玉其价值……"

"他丢了多少现金？"

王警察说："这个……这是我们掌握的，需要保密……"

"我现在可以把我的衣服一件件脱掉，你们可以证实我身上有没有玉石和现金。"说着，他就脱起衣服来。

夏警察说："有谁能证明你进来后就没出去？有谁能证明你就在这里三分钟？"

司马万张了张口，好半天才说出话来："没有。我来的时候他门口没有一个人。"

"你们都是领导干部，你说我们应该怎么办？"

司马万再次张口结舌。是啊，换位思考：你是警察，该怎么处理？他忍不住说："我不是警察，也不思考，我对我的

　　　　　　　　　　　旅途愉快

话负责，你们看着办。"说罢，径直走了。

俗话说："好事不出门，坏事传千里。"没几天，财政局长办公室被盗，司马万盗了局长的钱和汗血宝玉的事便成了县委、政府机关和老百姓议论的话题。司马万虽然自己感到很坦然，但是，所有认识他的人，和他熟悉的人，一见他就躲避，就侧身嘀嘀咕咕地说些什么。这些还好受一点，因为他没有听见。然而，那一道道蔑视、怀疑、嘲弄的目光却让他无法忍受，无法出门。他相信会有真相大白的一天，于是就把自己关在办公室，想把注意力集中在写稿上，以转移心中的愤懑。可是，怎么也写不下去，只是不停地抽烟、喝水。

这天中午，他正百无聊赖，那两个警察来到他的办公室。王警察问："司主任，那天你去财政局之前是不是帮几个拉家具的人往车上装了家具？"

"是啊。怎么了？那情况，那场合，谁听了，见了，都会帮忙。"

"局长的儿子和媳妇关系很好，就没有离婚这件事。那是一个盗窃团伙，是编造理由，借机盗窃了他们的财产。"

"啊？光天化日之下，他们也太大胆了吧？我们大河县的治安也太让人不寒而栗了吧？"司马万万万没有想到这事也联系上他了，他忍不住问："你们不是怀疑我是他们一伙的吧？"

夏警察说："没破案之前，所有知情者我们都要调查。"

他们说得很婉转，司马万没有理由反对他们，只得把当时的情况详细叙述一遍。说完，他忽然说："这一盗窃团伙是不是偷了局长的钥匙，一边偷他的办公室，一边拉他儿子的家具？"

"目前看，这种可能性很小。"

"你们说他们不是一伙的？事情就这么巧？"

"案情不易透露，你把你的情况说清楚就可以了。"

司马万感到又一次受到了侮辱："你们……你们还有怀疑我的成分？你们……"

两个警察没再多说，抛下一句："手机开着，说不定我们会随时找你。"说完，便走出了他的办公室。司马万抓起茶杯，"砰"地摔在地上。

让他释然的是，没几天案件就告破了：盗窃局长办公室者和盗窃家具者不是一个团伙，是一种巧合。盗窃万局长办公室的是他的情妇。那天夜里他在情妇的住处过夜，钥匙丢在了情妇的床上。情妇很晚才起床，起床发现钥匙后就给他打电话。可是，他的手机关着，无法接通。因为找局长要钱的人太多，他的手机多数时间是关着的，有事情他都是用司机的手机对外联系。情妇考虑到他找不到钥匙会着急，就去了他的办公室。当时门口没人，她就打开门进去了。这时，情妇忽然动了心。把门一关，打开他的抽屉，偷走了40万元现金和几块宝石。为了造成被盗的情景，她没有关门。万局长开始只想着是司马万，主要精力都用在了司马万身上。本来，他办公室的楼层昨天就安装了监控，他完全可以不声不响地看看监控就明白了，但由于是刚刚安装，他还没这个习惯，又心急，就自己把事情给捅出去了。很快，纪检委就把他带走了。他儿子的家是早就被盗窃团伙盯上了，他们听说他儿子媳妇去了省城，就借机给他们"搬了家"。

八

司马万虽然被洗清了，但心中的阴翳很长时间才消失。这天上午，县长郑大志把他叫到办公室，问道："最近志书进展情况怎样？"

他苦笑着说："没进展。"

"呵呵，这怎么行呢？就这点事就被压垮了，怎么学习司马迁？怎么能当司马万？"

司马万不好意思地说："从明天开始，继续……"

"今天叫你来就是这句话。前段时间之所以没叫你，是怕给你压力。但是，我相信你……"

司马万眼圈一热，差点儿涌出泪来。在他看来，被理解、被尊重比什么都重要。因为财政局的稿子，他受了屈辱。也因为他受了屈辱，财政局的稿子很快高质量地送到了他的办公室。只是一篇好的志书稿子不应该以这种方式而得来，它的成本太高了。

按照前段时间的情绪，他不准备亲自去建设局了，也曾有应付过去拉倒的想法，但一看到财政局的稿子尽管文字不精，可资料翔实，会为志书增色很多，就又决定去建设局。能得到好稿子，客观真实地在志书中反映大河县的发展进程，辛苦些是值得的。

建设局在古城南郊新城区，临着一条大街，是一个独立的大院，院内立着一栋办公楼。建设局局长刘征文正在办公室里看书，一看到他，笑道："听说你在家'吹猪'呢，怎么到我这里来了？"

刘局长爱开玩笑，不论男女，见面不开玩笑不说话，加上他也是个文学爱好者，他们经常在一起交流，所以，说话很放得开。吹猪，就是屠夫把猪杀死后在猪蹄子内侧割一口子，再用通条（一根长长的铁棍）沿皮下往猪的背、腹捅上十几个"通道"，屠夫用嘴对着猪蹄子上的那个口往里吹气，直到把猪吹得鼓鼓的，再放进热水锅里烫上一会儿。这样既方便煺毛，猪皮也能刮得更白、更干净。所以，大家都把生气的人比喻成吹猪。

司马万说："我今天不吹猪了，准备吹你。"

"不生气了？"

"早已化作烟云。"

"不敢生气的是懦夫，不去生气的是智者。"

"今天我来，是带着任务的……"

"不用说了，你一来我就知道你想干什么。稿子好说，但是有一个条件：你今天必须陪我先钓鱼后喝酒。"说着，刘局长拉起他下了楼。

刘局长亲自驾车。坐上车，刘局长扭过头说："怎么样，建设局局长给你驾车，你的待遇不低吧？"

"不高，你要是个厅长还差不多。"

"美吧你，这辈子恐怕没有希望了，呵呵。"

十分钟后，他们来到了城北的龙子湖边。这是一个水域面积达6000余亩的天然湖泊，湖里生长着茂密的芦苇、蒲子、藕莲。这些芦苇、蒲子、藕莲或单独成景，或相互恋依。尤其是那大面积的荷花，是这龙子湖的一大亮点。司马万经常到这里观风景，寻找灵感，但钓鱼还是第一次。刘局长的渔具就在车的后备箱里。他拿出两根鱼竿，自己留一个，给司马万一个。然后又从后备箱里拿出两个马扎子，递给司马万一个。他们坐下来，一人燃上一支烟，鱼钩抛向水里，等待鱼上钩。这时候，湖面上忽然飘来一阵歌声："洪湖水呀浪呀嘛浪打浪啊，洪湖岸边是呀嘛是家乡啊……"他们循声一望，只见不远处一渔翁头戴草帽，身披蓑衣，手持撑竿，驾一叶扁舟，肩上站一鱼鹰，唱着向他们划来。水面不断有鱼跳跃，湖岸边一行行垂柳枝叶拂地，树上"啾啾"的鸟叫声响个不停。其情其境，很让人惬意。司马万忍不住说："局长大人，听说你天天忙得晕乎乎的，今天怎么有这个闲情逸致？"

刘局长举目望着远处漂来的渔翁说："一篙一橹一渔舟，一个艄公一钓钩。一拍一呼还一笑，一人独占一江秋。"

"呵呵，刘局长，发思古之幽情了啊。把乾隆和纪晓岚的故事也带到这里了。"司马万想趁这个机会好好谈谈他们志书稿子的事，看他不想涉及，就索性不准备再说，也趁机消遣消遣。他既然答应了，就不会让自己在这里白耗时间。只要稿子完成，此刻何乐而不为呢？于是，也专心致志地钓起鱼来。在他不想讲志书稿子的时候，刘局长却又谈起稿子的事来："知道我为什么不想写我在任这十年的内容吗？"

"不知道。"

"你想学习司马迁，想真实地记录大河县的历史，想修出县志之绝唱的《大河县志》，心情可以理解，但是，你能做到吗？如果有些工程明明知道是错误的，你也反对，但有领导还要以你的名义去干，让老百姓去骂谁谁在任期间干了什么，你还想被记入志书吗？你敢写是谁让拆的、是谁让建的吗？"

"有什么不敢？事实是什么样，我们就要怎么写。不然，我还叫司马万吗？"

"类似的例子很多，你认为应该怎么写就怎么写吧。有你这种精神，最近我们会把所有城市建设的详情和资料，甚至一些内幕，都提供给你。"

九

经过一年的努力，反复修改，数易其稿，精心设计，新的《大河县志》评审稿印了出来。省级评稿会在大河开了三天，几十位专家都对志书稿子给予了高度评价：行文严谨、朴实、通俗、流畅、用字用词规范。通志和续志完美结合，史实丰富详尽，时代特点鲜明，地方特色突出。一志在手，治史者可为史，喜文者可为文，从政者可为镜，实在难能可贵。专家们给予了好评，司马万也感到很欣慰，很自豪，很幸福。

评稿会结束的第二天，他给大家放了几天假，自己也准备放松放松，减减压，心里说：无论自己有何得失，但毕竟在大河县文化事业中尽力了，有所贡献了，历史上有了辉煌的一页。对于人来说，问心无愧是最舒服的枕头。

就在他休息了几天后准备到领导处收回稿子、听取意见的时候，他得到了一个吃惊的消息：郑大志调走了，而且是平调，依然是县长。郑大志走时特意给他打了个电话。他到了县政府，郑大志握住他的手说："一定要把《大河县志》修好，正如你在给我写的序言里说的那样：修志不仅在于记录历史，更在于告慰古人，激励当代，启迪后世，兴我大河。'以铜为鉴，可以正衣冠；以史为鉴，可以知兴替。''治天下者以史为鉴，治郡国者以志为鉴'……"

望着郑大志坐车而去，他一直呆呆地站着，很久没有离开。这天早晨，他正思绪烦乱地沿着湖边的观光大道散步，忽然听到一阵摩托车的叫声，抬头一看，已经晚了，摩托车已迎面飞到他跟前。他还没来得及躲避，摩托车的前轮已经撞进他的裤裆里，并像龙卷风一样把他掀向半空，他来了个飞跃，落在十几米以外。

待他苏醒过来，已在医院的病床上躺了两天。医生告诉他：阴茎和睾丸都被撞掉了。

（选自《北京文学》2012年第9期）

恍　惚

一

老歪在邻居老扛家看了一晚上电视，连个招呼也没打就走了。

老扛把孙子哄睡出来看不到他，很纳闷，皱着眉头想了半天也没想起来什么地方招惹了他。第二天一大早他就去见老歪，没想到，他还没吭声，老歪却先堵住了他的嘴：

"说句实话不好听，老扛，我不想在家了。"

老扛惊讶地问："不想在家了？夜个（昨天）还好好的，睡了一夜睡出鬼了？你想上哪儿？"

"说句实话不好听，我想进城。"

"进城？进哪个城？"

"进县城。"

"你是不是老糊涂了？进县城干啥去？你儿子、儿媳妇、孙子、孙女都上北京了，家都交给你看着，你一进城，谁给你看家？再说了，你一个人，瘸着个腿，走路一歪一歪的，进城吃啥？住哪儿？"

"说句实话不好听……"

没等他说下去，老扛就急了，打断他说："说句实话不好听，说句实话不好听，你再说话能不能不说'说句实话不好听'？直接说多好，听你说话急坏人。"

"说句实话不好听，我也想改，就是改不掉。"

"说句实话不好听"是老歪说话的开场白、口头语。老歪说什么话，头一句肯定是"说句实话不好听"。这句话对他下面要说的是什么没有一点实际意义，就像现代诗人作诗时前面的"啊"，古汉语后面的"之、乎、者、也"，全是虚词。

老扛知道说也是白说，指望他这会儿改掉这毛病也不可能。他着急地问："你说说，你说说，你七十多岁了，瘸着腿，孩子都不在家，你进城是为了啥？想干啥？咋吃？咋住？"

"说句实话……"老歪这次终于没把那话说完，"我也没打算在那儿时间长，我还有二十块钱，够吃几天的。"

"钱花完了呢？"

"要着吃……"

"吧、吧，要着吃？要饭呀？"

"说句实话不好听……"他正说着，见老扛瞪起了眼，便说了半截打住了。

老歪是他的外号，因为他瘸着一条腿，走路一歪一歪的，所以大家都叫他老歪，他的本名叫赵富仓。老扛也是外号，因为生产队的时候，一次分粮食，他弟弟不在家，弟媳扛不动，他就帮弟媳扛了回去。后来大家就跟他开玩笑，说他和弟媳怎么怎么了，就送了他这个"老扛"的外号。

停了一下，老扛又问："现在是啥年头了，你竟然想着要饭吃？家里没粮食？"

"有啊，可是……不给你说了，给你说你也不懂。"

"吡、吡，俺不懂，你懂，哼！"

"你说我真的会要饭？我是为了吃？"

"那你为了啥？我看你是被福烧的了！"

"不给你说了，还是那句话，给你说你也不懂。"

"我看你是裤裆里插杠子——自己抬自己。跟电视上说的那个啥？……啊，对，玩深沉。你想玩深沉不是？"

"嘿嘿，"老歪被他说笑了，"你老扛也洋气起来了呀！"

老扛没笑："别管洋气不洋气，你想过没有，传出去了，你两个孩子怎么见人？"

老歪也不笑了："你站着说话不腰疼。你儿子媳妇都在家，一家人热热闹闹的，我呢？从天明到天黑，出出进进，屋里外面，吃了等饿，饿了等吃，顿顿一个人做饭一个人吃，屁事没有，啥意思呀，跟死人差不了哪儿去……"

其实，老歪想离家并不是因为昨天晚上在老扛家看了一晚上的电视才做出决定的，是早就这样想过了。过去只是有些犹豫，没下决心，是看了一晚上的电视，又经过一夜的琢磨，才下决心的。他都看了什么，老扛也不知道，因为在他看电视的时候，老扛一会儿去给孙子洗脚，一会儿又给孙女讲故事，一会儿又在屋子里收拾东西，一会儿又找烟，电视看得半半拉拉，没一个节目看完整的。当然，老扛也不知道他是因为看了电视才下的决心，也不会去问他都看了什么节目，连往这方面想都没有想，就是感到他老歪忽然要进城，咋想也想不通。他们两个是一个属相，一样的年纪，很哥们儿的，所以老歪有什么话都给老扛说，从来不隐瞒。这次，老扛感到很委屈，很受侮辱：过去什么事都说，这次却事前一个屁也没放，不是不相信人吗？这还算是哥们儿吗？

老扛愣愣地望了老歪一阵，既懊恼又心疼地拍了拍他的肩膀，说："老歪，没事享清福不好？你没事的时候和我喷大空儿（聊天）呀？一眨眼，你说你进城呢，要着吃，你到底咋想的？"

"说句实话不好听，我就是嫌在家憋闷，想出去那个、那个……是啥我也说不清楚。"

"就恁简单？"

"就恁简单。"

"打算在那儿多长时间？"

"没准儿。要是没啥意外的话，我想顺便见一个人。"

"去见谁？"

"现在不给你说。"

"吧、吧，给我也保密了不是？"

老扛听他这么一说，忽然想起了什么："你是想见她，那个叫刘洋洋的？"

老歪不觉间红了脸："哪儿跟哪儿呀？几十年了，在不在还不一定呢，我咋会想她？再说了……"

"我说也是。咱这被土埋到脖子的人了，做事不能跟毛头小伙子一样。"

老扛不说，他确实没往这里想过。老扛这么一说，他觉得电视里那些扭秧歌的人中还真有一个人像刘洋洋呢。但是，他还是很戗了老扛：

"你别瞎想，不是那事。"

"那是啥事？"他越是不说，老扛越是问，按他们自己的说法，都是犟驴脾气。

"说句实话不好听。"老歪最后不得不随便说个理由，"我看电视上咱县委书记可好了，我想见见他……"

老扛没等他说完眼珠子就瞪得几乎掉下来："老歪，你是咋了？不是去上访吧？你别瞎闹腾啊！"

"没冤没屈的，我上啥子访呀？我……我以后会给你说，你别打破砂锅问到底好不好？你真是个犟驴！"

"好好，你厉害，你有本事了，我不问了。"

老扛没再问，老歪也没再说什么。

回家的路上，眼里不知道是飞进了蠓虫子还是咋的，他不停地用袖子擦眼角。

　　　　　　　　　　　　　　　　旅途愉快

二

老歪这一辈子也不容易。老伴死得早，是他一手把两个儿子拉扯大。生产队的时候，他为了多挣工分多分粮，拼命地干，多次被评为劳动模范，也累坏了一条腿。改革开放后，虽然日子慢慢好转，毕竟那父子仨天天守在几亩责任田里也没过得比人好，两个儿子都是三十多岁了才娶上媳妇。两个儿子倒很争气，为了让这个家过得像个样，都去北京打工了。但并不是拼苦力搞建筑，而是卖菜，不仅利润高，钱也来得活泛，不是那么累。责任田则交给媳妇和老歪打理。老歪知道娶儿媳妇的不容易，给这家干了，给那家干，两家的地都比人家的收成好。几年后，两家都盖了新房。旧房子的时候，都在一个院，老歪有自己的住处。他们都盖了新房后，旧房扒了，建成了两个院，两个儿媳妇都认为房子是他们自己挣钱盖的，没有赡受老歪的一点财产，都不想让老歪和他们住一起。老歪怕得罪媳妇，让儿子受委屈，就在村头自己的责任田边，和老扛家邻着，让两个儿子出钱给他盖了一间房，仅放下一张床，支一口锅。老歪说，只要儿子媳妇好好的，他住哪儿都没事，住哪儿都高兴。他说：一个人，也老了，住哪儿咋着哩？

没几年，两个儿媳妇农活一闲就去北京，说是和他们一起挣钱，就把孙子、孙女都给他留在了家里，让老歪给他们做饭、照看、接送上学。老歪自己没文化，两个儿子都是小学毕业，现在日子好了，孙子辈的总不能再和他一样没文化吧。孙子们有了文化，才能有大出息，他们家才能风光。他苦心竭力地养子不就是想让他们过上好日子吗？不就是想让他们过得比人强吗？他心甘情愿地接受了。儿子和儿媳妇都能吃苦。过了没几年，他们确实挣了不少钱，就把孙子、孙女都接北京去了，说那里的教育质量高，在那里能学到真知识，在那里上学将来才有出息。老歪细细一想，儿子和儿媳妇说得对，想得也长远，尽管不能天天和孙子、孙女在一起了，他也心甘情愿地接受了。儿媳妇把能带北京的都带走了，值钱的家具什么的，都送到了娘家，就留下几间空房子，房子外面有院墙，所以也没什么不放心的。

　　开始的时候，老歪觉得蛮轻松的，时间一长，就难受起来：寂寞，想老伴，想孙子、孙女。他是个闲不住的人，一辈子忙惯了，没事干倒不习惯。他喂了一头猪，没多久就卖了，因为人多的时候，剩饭剩汤都喂了猪，再弄些青草什么的，不显山不露水地就把猪给喂大了。一个人的时候就不行，自己也懒得做饭，哪有什么剩饭？后来就改成喂羊，没事的时候就牵着几只羊到田间地头或者河边放羊。可一连几年，都是等到喂大了，就被偷走了，都是大白天。说是偷，其实大多数都是抢。这些人都是开着车，突然停在他面前。因为他放羊的时候，羊吃着草，他在一边坐着，没防备什么。那些人就冲到他跟前，有人摁住他，有人逮住羊就往车上装，没等他喊出来，就把他打晕了，有一次还差点被打死。年年白操心，白忙碌，后来就啥也不喂养了。虽然家里有粮食，地里种着菜，吃着白面馍，收种都是机械化，不仅不交公粮了，国家还补助钱，这在过去是做梦也不敢想的日子，他却感到过得一点也不舒坦：一天三个饱，吃了还等吃，吃闷食，天一黑，村里村外都是黑乎乎的，啥也看不见，哪儿也去不了，天天如此，不知道是个啥滋味。实在没办法的时候就到老伴坟头唠叨一番：孩子他娘啊，你倒好，你清闲了，撇下我成了个没娘的孩子，你咋不把我带走哩！我在阳家，你在阴家，我闷，你不？我闷了找老扛，你哩？有人说话没有？咱村狗蛋的媳妇，石磙的媳妇，不是和你一年走的吗？闷了就找她们几个说说话……我知道你也想我，可是，想我有啥用？我得给金柱、银庄看家、种地哩，他们在北京我也不放心哩……唠叨着唠叨着，两行老泪就落了下来。若不是老扛时不时地让他去家看电视，喷大空儿，他会更受不了。可是，一到老扛家，一看到老扛和孙子、孙女热热呵呵、欢天喜地的样子，他就眼馋，他就想儿子，想孙子、孙女，想着想着就想哭。但是，又怕老扛看见，怕他看见后给儿子说，怕儿子知道后挂念，耽误在北京挣钱。

老歪知道老扛对他好，就是有一条老歪不喜欢他：不知道他啥时候喜欢上了烧香敬神、拜佛。自己烧香还好，还组织村里的老头、老太婆以及没出去打工的男人和媳妇，经常到远远近近的寺院和庙宇去烧香，大庙小庙都去。那些老头、老太婆以及没出去打工的男人和媳妇还都听他的，三说两不说就都随着他去了。有人说他，佛是西方的，神是中国的，你是拜神呀还是拜佛呀？他笑笑说：现在不是讲和谐了吗？别讲是哪里，能保平安、保幸福就中，咱都敬。他不仅到寺庙去烧香，还请了很多神像，有泥塑的，也有瓷的，家里的堂屋正中摆放了十几尊：观音菩萨、地藏菩萨、弥勒佛、玉皇大帝、王母娘娘、财神爷、元始天尊、灵宝天尊、太上老君等，他自己也说不出道道，就是天天头磕得梆梆响，嘴里还这神那仙地嘟嘟哝哝说半天：保佑全家平安、幸福、人旺财旺。他多次来叫老歪也去寺庙，叫老歪也磕头，老歪说：过去整天批判，说这是迷信，我不烧香。为此，两个人还别扭了很长时间。不是一个人实在受不了的时候，老歪也尽量不去他家。不去是不去，就是有一个疙瘩他始终解不开：过去穷得吃不饱，也不信神信鬼。现在吃饱了，咋都信起鬼神了呢？

　　昨天在老扛家看电视也是老扛叫他去的。老扛先是烧香、磕头，等完事后才陪他看电视。可是不一会儿，他孙子、孙女闹了，就剩老歪一个人了。电视里先放的是电视剧，电视剧还没看出个头尾，就放起了县委书记在县城里慰问清洁工、查看菜市场、下乡和老百姓聊天的内容。接着又放了城市里的花园，花园里有跳舞的、扭秧歌的、唱歌的、打太极拳的。那些跳舞的、扭秧歌的、唱歌的、打太极拳的，一个个都喜洋洋的。老歪没少看电视，第一次看到城里这个场面，不知道为啥心里就有些感慨：看人家那开心的样子，看人家活得多滋润！过这样的日子，就是喝白水心里也是甜的。更何况……

　　　　　　　　　　　　　　　　　　　旅途愉快

他觉得那扭秧歌的一班人里还真的有一个和刘洋洋一样的女人……

老歪说进城就进城了，一辈子的犟驴脾气，说到做到。

麦收刚结束不久，这天也不是太热，出门的时候他带了几件衣服，薄薄的被子被几张缝制成一体的鱼皮样的化肥袋子包裹住，被子里包着一个在生产队当劳模时奖的瓷茶缸，上面写着"劳动模范"，为了渴的时候喝水用。同时，手里提着一个孙子的旧书包，书包里装着一部"燕舞"牌旧收音机。他之所以买这部收音机，就是因为那时候广播里天天播那个广告："燕舞，燕舞，一支歌来一片情。"他屋子里没电视，他唯一的爱好就是听收音机。天一亮就打开了，收音机不离身，身不离收音机。那收音机真跟他有缘，从来没坏过。没电了，换换电池，还是哇哇地响。他收听的还都是新闻，听后见了谁给谁讲。别人不认真听，他就说，新闻里说的都是大事，都是国家大事。所以村里有人开玩笑送了他另一个外号——"国家大事"，简称"大事"。他之所以带被子，就是打算晚上睡在街头，一是他在电视上看到城里的楼房都有"屋檐"挡雨，地上也干净——生产队的时候，一到夏天就睡在麦场里，睡村头，很凉快；二是他手里只剩二十块钱了。儿媳妇说：家里有粮食，地里能种菜，哪里用着钱了？所以，儿子也没敢多给。这次他必须俭省着花。

他们村子叫"官路边"，因为靠官路而得名，离县城三十多里路。他出门的时候没给老扛说，怕老扛拦他。老扛也看见他了，故意装着不知道，远远地跟了他很久，没被他发现。

他天一亮就出村了，村口没人。村里的房子很多都是空的，平时也没多少人，这个时候人更少，因为年轻人都出去打工了，老年人起床晚。他走出村子的时候只回头看了一眼，就再没回头。虽然年岁不小了，平时家里、地里还不停地干活，身子骨很硬朗，所以走起路来没感到有多累，就是一腿高一腿低，肩膀也随着一上一下、一前一后地摆，拉锯似的。他自己没感到累，看到他的人倒比他还累。

下午五点，他到了县城。进了县城他很感慨：家离县城就三十多里路，他居然三十年没来过了。

进了城，却找不到原来的样子了，他凭记忆去找跃进街、大同街、红旗街，因为这几条街都有明显的标志：跃进街有座宾馆，说是有个领导腐败，盖的高级宾馆，还上了中央的什么新闻纪录片，大队放电影时放了很长时间。大同街临街有座朱家祠堂，朱家在清朝时有人做过大官，是慈禧御批给建的。红旗街有座红旗楼，那是全县有名的商店，想当年买东西都去那儿。他跑了很久，原来的那座宾馆、朱家祠堂、红旗楼，一个也没找到。问问在路边带孙子玩的老太太，老太太们笑了笑说：你咋跟做梦的一样啊，那是哪年哪月的事了呀？早就拆了建新楼了！他没敢再继续问，怕人家笑话他，说他没进过城。心里说：也没什么急事，慢慢找吧，走到哪儿算哪儿。

他不知道现在走到了什么街，反正都不是原来的样子了。街两旁都是十几层、二十多层崭新的楼房，走在下面，忍不住就想往上看。不往上看还没啥事，仰头一看，不禁有些害怕，感觉它们都是歪着的，要倒的样子。他看得有些头晕，急忙走开。心里说：才进城，要是倒了，被砸死了才亏呢。

离开高楼，不自觉地就走到了中间的街道上。不多大一会儿，感到更晕了：大车小车从他身边"呜——""唰——""哧——"地驶过，一辆接一辆，他往左边走，左边有车，往右边走，右边也有车。往哪儿走都有车，一会儿也不消停。他急忙又回到了路边。

他知道那楼房不会倒，心里说：要是会倒，早就倒了，咋也不会赶到我老歪来的时候倒。他不再往上看，而是改成往前面、往远处看，这样头就不晕了。

街两旁的楼房不仅高，样式也多，黄的、白的，很多颜色。楼房上还有花花绿绿的牌子，那牌子上的人画得跟真的一样，衣服也跟真的一样。看着看着就在心里念叨说：现在的人真能！是谁站到楼上去画的呢？咋画恁大哩？他不知道那"牌子"叫广告牌，他就叫它牌子。

街上真热闹，也不知道哪儿来那么多人，"蚂蚁行雨"（要下雨时，蚂蚁要结队行走）似的。男女老少都穿得鲜亮好看，走着路有说有笑，哪像在家里，半截村子也不见一个人。就有一条他看着不舒服：女孩子的衣服都穿得胸脯高高的，屁股圆圆的，鼓恁高、恁圆，就不怕坏孩子找你们的事？

离一个十字街口不远，见那右边有一根很粗很粗的"电线杆"，跟他们村头的那棵大槐树一样粗，"电线杆"上面没有电线，是一台大电视机，那电视机跟他住的房屋的"屋山"一样大，正放着电视，就是里面的节目不连贯，一会儿是卖药的，一会儿是卖衣服的，一会儿是卖家具的，一会儿是卖电视机的。他不由感叹：这大白天的放啥电视，多浪费电呀！那电视放着放着，出来一个很好看的笑眯眯的姑娘，姑娘说：现在播放新闻。她说罢，就是县委书记在县城里慰问清洁工、查看菜市场、下乡和老百姓聊天的画面。接着是花园，还有花园里跳舞的、扭秧歌的、唱歌的，跟夜个在老扛家看的一模一样，不一样的地方是老扛家的电视是黑白的，这里是带彩的，比老扛家的好看多了。

他看着心里嘀咕着：那花园在哪儿？啥时候建的呀？太漂亮了，既然来了，说啥也得去看看。金柱从北京回来说北京的花园多好多好，咱去不了，看不上，这县城的花园看不上就亏了。县委书记真是个好书记，和老百姓在一起就跟亲兄弟一样，这次非见见他本人不中。见坏人是祸，见好人是福，能跟书记握个手才好哩。官路边村还没人见过书记，还没有人跟书记握过手呢。书记就在城里办公，来城里就有可能见上书记，在家里，八辈子也不会见上书记呀。

他又往前走没多远，看到一家商店门口搭了一座大戏台子，上面正在演节目，先是魔术：一个人手里开始就一张扑克牌，他一甩手，手里一大把扑克牌，然后撒到下面，下面的人就去抢那扑克牌。嘿，真是绝了！他走到跟前就挤在人群里仰着脸看起来，别提多开心了。魔术结束，是豫剧《陈州放粮》选段。包公是有名的体察民情、为民做主的清官，那演包公的唱腔很棒，台下掌声不停，还有尖叫声，口哨声，台上台下都提劲儿。不一会儿，又上来几个小姑娘，屁股一撅一撅地跳起来。他有点不好意思了，往下缩了缩身子，把头俯到前面那个人的脖子后面往前看：几个女孩子都是只戴乳罩，白白的胸脯和肚子都露着，下面的裙子跟巴掌一样大，两边还开了衩，一闪一闪的，露着里面的红裤头。他心里说：好看是好看，就是露着胸脯和肚脐眼不好。女孩的年龄都不大，那奶子咋都长那么大呀，还上下一动一动的，咋不知羞哩？女孩跳舞结束，出来一个人说他们商店卖的什么什么，欢迎大家选购。卖的是什么他一句也没听清，都是洋词。那人说完往下撒了一把糖，台下的人都去抢，他也抢了一个。他把糖纸剥了，放进嘴里。很久没吃过糖了，很甜。

他吃着糖哑着舌：唉，县城变得不认识了。看戏不进戏园子也能看，城里就是好。他忽然想起了老扛，就怨他不和自己一起来：老扛啊老扛，你还拦着不让我来，你懂个屁，老是在家里有啥意思？我来城里来得值，心里舒坦！你会后悔的！

不知道什么时候，天已经黑了。他一点也没感觉到。在家的时候，说黑一转眼天就黑了，现在黑了竟然不知道，迷惑了半天才明白过来，是路灯和楼房上的灯都太亮了。楼房上的灯什么样的都有，有一眨眼一眨眼的，有一会儿一变颜色的，红的、黄的、蓝的、紫的，五颜六色。有的是上下着变，跟流水一样；有的是横着变，像学生赛跑似的，真是好看。这些灯，再加上路灯，不往天上看，只往周围看，跟大白天差不了多少。

他看有一大楼的"屋檐"比较长，屋檐下也没人，把被子一放，就坐在了上面。这一停下，他感到累了，也感到饿和口渴，想站起来去买个烧饼什么的吃吃，再找杯水喝，可是，他站了几站没有站起来。心里不由说：老了就是老了，不服老不中啊！他打开被子，刚往下一躺，就感到两眼先是打架，后来就跟上了胶似的，直往一块粘，拉都拉不开。就这样，他不知不觉间睡着了。

三

不知道什么时候，老歪走到了一家包子铺，老板刚把蒸笼盖掀开，一个个包子白白的、笑眯眯地冒着热气，很香，是鲜羊肉馅的味道，还有葱花、韭菜味儿。他看着，忍不住就流下了口水。他走上前，正要掏钱买，却看见老扛端着一盘包子朝他走来。就在这个时候，老扛也看到了他，说着"老歪，老歪，你咋也来了"，就把一个包子递了过来。他也惊讶地问："你咋也来了？"正当他准备伸手去接包子时，突然感到胳膊一阵疼痛……他忽然醒了，原来是在做梦。他睁开眼，见一个穿灰色衣服的人正瞪着眼喊他：

"快起来，影响市容，快走！"

老歪迷瞪着眼，不解地问："我影响啥了？我谁也没影响啊？"

穿灰色衣服的人依然一脸怒气："你见谁在这里睡觉了？"

老歪还是不解："说句实话不好听，我也不想在这里睡呀。"

"不想在这里睡，你睡这儿干啥？"

"我家不在这儿，没睡觉的地方啊。"

"你来干什么？"

"说句实话不好听，我啥也不干，就来这里看看！"

"你看啥？"

"啥都想看……"

穿灰色衣服的人好像听明白了，也好像没听明白，索性也不和他理论了，呵斥道：

"走，走！想去哪儿看去哪儿看，省级文明城市验收呢，别在我辖区里看，快走！"

老歪不知道他说的文明城市验收是啥意思，也不知道和自己有啥关系，看着这年轻人怪凶的，惹不起，只好收拾收拾被子，裹好，用鱼鳞袋子包好，往腋下一夹，离开了这个地方。

去哪里？他没有目标。走着走着，感到肚子里肠子打了个滚，接着是"咕噜噜"一阵响。响声过后忽然感到很饿，才想起夜个晚上没吃东西就睡着了——别说吃东西，水也没喝。

他走了半天没找到卖饭的地方，就问一个扫地的："我记得原先大街边有很多卖包子的、卖汤的，咋一个也找不着了？"

扫地的说："过去是有，现在不让了，都放在小街道里了。"

老歪明白了，就去小街道里找。没多大一会儿，他就找到了一条卖饭的街道：卖鱼汤的，卖羊肉汤的，卖锅盔的，卖豆沫的，卖烧饼的，卖煎饼的，卖水煎包的，卖黄焖鱼的，还有鸡蛋灌饼、糖糕、菜角什么的，到处都是吆喝声。他记得城里有一家胡辣汤很有名，很好喝，叫朱麻子胡辣汤。他听到"胡辣汤、炖肉胡辣汤"的叫卖声，一问，就是那家朱麻子胡辣汤，就往店里走去。

店里桌子一个挨一个，凳子还都是条凳。里面的人很多。他找条凳子坐下，怕被子碍人家的事，就把它放在腿边，朝正在盛汤的说：

"老板，来一碗胡辣汤。"

老板扫了他一眼："要大碗要小碗？"

"大碗多少钱一碗？"

"三块。"

"小碗哩？"

"两块。"

"咋恁贵呀？说句实话不好听，过去不都是几毛钱一碗吗？"

老板一边给别人盛汤一边说："过去，过去是啥时候呀？"

"几年前我听俺村来喝过你的汤的人说才五毛钱一碗，

现在咋涨恁多？"

"几年前一个鸡蛋一毛钱，现在是六毛钱一个。几年前牛肉才几块钱一斤，现在是几十块钱一斤……"

老歪想想也是。但是，两三块钱喝一碗汤，稀稀的，也不挡饥，他还是感到心痛。犹豫了半天，肚子叫得更响了，只好狠狠心说：

"来一碗吧，小碗，再来一块钱的包子。"

老板说："包子一块钱俩。"

老歪看看他们的包子，跟鸡蛋一样大，忍不住说："过去一块钱五个包子，一个也顶现在的俩……"

老板不耐烦了，说："愿吃就吃，不愿吃拉倒，你咋恁多话？"

老歪脸一红，说："那、那就来一块钱的吧。"

他正吃着包子喝着汤，几个光着腿、穿着露背裙子的姑娘走了进来，一看到他，立即嚷嚷说："走吧走吧，咱别在这吃了，你看看，他那手脏的，嘴巴上……啥人都来吃，这里的碗筷会干净吗？会没有传染病菌？"几个姑娘说着就走了。

老板一看一下子走了好几个人，对老歪没好气地说："赶快喝，喝了赶紧走，以后不要再来了！"

碗不大，汤也没多少，老歪没几口就把汤喝完了，他忽然感到那汤一点儿味道也没有了。他夹着被子走到门口，回头狠狠地剜了老板一眼。到了门外，又想起了那几个姑娘，忍不住骂道："娘的，老家伙一辈子没病没灾的，说我有传染病，你才有传染病哩！一个个都是小妖精！"骂罢，半天还感到委屈。

人是铁，饭是钢，一顿不吃心里慌，一点也不假。虽然没有吃饱，身上还是感到有了力气，走路也有劲头了。

老歪没走多远，忽然感到小肚子有些发胀，裆里"那个"也有点小小的发胀，直想往外浸水。他意识到需要尿尿了。他一边找厕所，一边心里骂：人老了就是不行，年轻的时候憋半天也没事，现在一说有尿了，马上就得尿，不尿就会湿裤子，啥事！

他走着，两眼不停地往街道两边瞅。可是半个时辰过去了，一个厕所也没找到，除了卖东西的门面房，还是卖东西的门面房。在家的时候，看看身边没人，往地边一站就把事情解决了，或者往谁家房角一站，也很快完事了。这城里不行啊，到处是人，就没有一个僻静的地方。他两眼滴溜溜地左右瞅着，心里忍不住骂着：城里人是能憋还是咋的，咋不见有厕所哩？恁多人来来往往的，谁不拉不撒？他想找个住户，到人家厕所里方便，可是，到了几家，都是大门关得紧紧的。

最后他问了一个和他差不多年龄的老人，老人告诉他：从这里往西走，见路口往右拐，走一会儿见路口再往左拐，再走二十米有一个公共厕所。按照老人说的，不一会儿，就找到了那厕所。他刚要进门，却被一个中年妇女拦住了：

"解手收费。"

"解手也要钱？"

　　　　　　　　　　　　　　　旅途愉快

"现在啥不要钱？"

"要多少钱？"

"一块。"

"啊？尿泡尿要一块钱？"

中年妇女白他一眼："爱尿不尿，没人请你。"

老歪很生气，一是尿泡尿太贵了，二是她的态度让他难以接受。他说："我就是不尿，想赚我一块钱你就是赚不上！"

中年媳妇比他还气："看你那熊样，兜里不一定有一块钱没有呢！"

老歪想说别看不起老家伙，还想跟她炫耀一下儿子、孙子都在北京，但他感到实在有点憋不住了，就急忙往前赶。

走到一胡同口，伸着脖子往里一瞅，见没人走动，就掏出家伙尿起来。尿往外撒着，身上说不出的轻松，他激灵打个寒战，舒服极了。他一边尿一边祷告：马上就完，千万别来人，千万别来人！就在他系上裤子走到胡同口的时候，听到胡同里一家的大门"吱"的一声开了。他挤挤眼自己给自己笑笑，急忙快步往前走。省了一块钱，高兴了一小会儿，可过了那一小会儿，心里却觉得很不自在：人家那胡同干干净净的，咱咋能尿那儿呀？往后再也不那样了。

他自责着，不一会儿走到了大街上。

不知道什么时候，他走到了一所学校门口。往里一看，乖乖，里面跟电视上的那花园差不了多少，好看得很，还有篮球、排球、乒乓球。教室都是楼房，窗户很大很亮。不用说，里面的桌子、椅子也都干干净净的。校园里孩子们穿得花花绿绿的，有的在踢毽子，有的在跳绳，欢欢笑笑，可爱极了。他忽然想起了自己的孙子、孙女，把被子往地上一放，坐在上面望着学校的大门和孩子不走了。看着他们玩耍，心里说：要是我的孙子、孙女在里面多好啊！看着看着，孙子、孙女就都出现在了他的眼前……

大儿子叫金柱，娶的媳妇是邻村的，生了两个孩子，大的是儿子，叫顺心，小的是闺女，叫如意。都聪明伶俐，整天偎在老歪的身边，爷爷长爷爷短地叫个不停，让他整天心里甜得像噙着冰糖似的。记得顺心小的时候他妈妈给他买了一块糖，他不舍得吃，就来到他跟前，非让他先咬一口不可，他不咬顺心就不吃。他虽然只咬了一点点，可他觉得甜了好几天。如意放学回到家，书包一放就给他捶腿，一边捶一边问："爷爷，舒服了吗？"他把如意揽在怀里，泪花就下来了："爷爷舒服得很哩。"

二儿子叫银庄，大孩子是个闺女。银庄媳妇看嫂子生的是儿子，自己却生了闺女，觉得很对不住银庄，认为自己没本事，就给女儿起了个名字叫盼盼，就是盼望再生个儿子。没几年，她称心如意地生了个儿子，起名叫乐乐。盼盼、乐乐也很聪明，从小就跟顺心、如意在一起玩，也经常在他身边撒娇。盼盼见如意经常给他捶腿，她就给他唱歌。每次在学校里学到新歌，第一个就唱给他听。乐乐也懂事，经常给他讲听到的好故事，常常把他笑得直流口水。村里人一见他就羡慕地说："老歪呀，你的命咋恁好哩，老大儿女双全，老二也是儿女双全。"老歪咧嘴笑笑，学着计划生育宣传中的口号说："时代不同了，男女都一样，啥都好啥都好。"

孙子、孙女先在村里上学。平时农活也不忙。这时，金柱和银庄的媳妇一合计，都去了北京，临走时跟老歪说，爹，孩子们都听话，也爱学习，上了小学上中学，再上大学，需要很多钱，不挣钱咋能中？俺把粮食给你，钱给你，你天天让他们吃饱就中了，买书、买衣服啥的用钱俺给孩子。老歪是个明白人，一是儿子常年不在家，也寂寞；二是孙子们将来用钱的地方确实是多着呢，就答应了。

让老歪没想到的是，村里小学后来没老师了，原来的民办教师转为公办教师后，都到了退休年龄，不教书了。由于村里没钱修房，教室塌的塌，漏雨的漏雨，又没有老师，学校就没法办了。后来听说要派一些新毕业的大学生来教书，可是，左等右等就是不见有老师来。他听说这些新毕业的大学生嫌弃这里吃住艰苦，交通不便利，没有啥文化生活，到了这里找对象都难，就都不愿意来，还说即便在城里打工也不来。没办法，乡政府做出决定，几个村的学校合为一个。这样就苦了孩子，晴天还好，逢到下雨天、下雪天，一是回不来，二是去不了。有几次孙子和孙女都淋病冻病了，金柱的如意和银庄的盼盼还都摔伤过。

后来，金柱两口子、银庄两口子就把孩子也接到了北京。老歪尽管舍不得，还是顺从了儿子和儿媳妇……

不觉间，老歪眼角流下泪来：顺心、如意、盼盼、乐乐，想爷爷没有啊？爷爷想你们了。金柱、银庄啊，你们都老大不小了，爹七十多岁了，还瘸着一条腿，挂念爹不挂念？儿媳妇不来电话罢了，我没生她养她，你弟兄俩也该时常来个电话吧？也该给我说说顺心、如意、盼盼、乐乐的情况吧？学习咋样？吃胖了没有？长高了没有？你们虽然是当爹的人了，可在我跟前也是个孩子啊，我天天想你们、挂念你们，你们咋就不想爹哩？咋就跟把爹忘了一样哩……唉，也不能怪他们，现在都用手机了，他们也说给我买一部手机，可是，自己不识字，不会用，眼睛也花了，那一溜号，弯弯曲曲跟小虫子一样，记不住。金柱、银庄让他们的孩子去北京，对着哩，没文化就是不中。

想到这里，他离开了学校，心里甜甜的又酸酸的。走着走着，忽然闻到一股子烧鸡的香味，香得他不知道什么时候流下了口水。他追着香味走了过去。走到烧鸡店门口，见门口摆着一张桌子，桌子上放着一盆烧鸡，金灿灿的，流着油，尽管他知道这烧鸡一定很贵，还是忍不住问：

"烧鸡多少钱一斤？"

店主看了他一眼，眼睛立即转到了一边："二十块。买吗？"

老歪吭吭哧哧了好一阵，最后说："还不饿，该吃晌午饭的时候我再买。"

说罢，他就把被子放在一边不远的地方，坐了下来。为了不显得是故意停在这里为了闻烧鸡的香味，他还从被子里掏出收音机，打开听了起来。他最喜欢听的是新闻，他说新闻里说的都是国家大事，听播音员播着，他还发表着评论。

"本台消息：省政府召开会议，始终坚持履职为民理念，把实现好、维护好、发展好最广大人民群众的根本利益作为一切工作的出发点和落脚点，切实把保障和改善民生贯穿于工作的各个方面……"

他没听完就"评论"："好、好，好着哩。"

开始店主忙着，没在意他在听收音机，因为现在听收音机的人很少了。这会儿没人买烧鸡了，店主才发现他就在烧鸡店不远处听收音机呢，于是问他：

"老头，你听的什么？"

老歪说："新闻，都是国家大事。"

"你爱听国家大事？"

"嗯。"

"你管得了吗？"

"管是管不了，就是想听，想知道。"

"呵呵，有病吧你？换换台，看看有没有相声、流行歌曲。"

"我不听那，不喜欢，狼嗥一样。"

店主好像受了侮辱，呵斥道："滚，别在我这里听，闹哄哄的，影响我的生意，快滚！"

老歪不知道是怎么得罪了他，说："这也不是你家的地儿，我也没招惹你啥的，你咋骂人？"

"少废话，没时间理你，叫你滚你就滚！"

老歪火了，站起来，故意调大收音机的声音，嗓门比店主还高："你个小屁孩，我不滚，你滚！"

店主没想到他敢这样，见周围围上来很多人，怕大家说他欺负残疾人，于是放低声音，讥讽他说：

"农村人！不在家干活，来城里晃悠啥，一看就知道是个好吃懒做的主。"

老歪刚要和他理论，却被周围的人拉到一边，推走了。

四

老歪走着，听到后面有不少人在议论他，他们都在帮店主说话，在讽刺他，说他的不好。他明白他们都是城里人，都向着城里人。他虽然感到自己没软给店主，没有吃多少亏，但还是感到有很多要说的话没说出来，感到有点憋闷，尤其是那句"叫你滚你就滚"，太欺负人了，太不把人当人了。我农村人咋了？

他走了一会儿，感到口渴得难受，想找点水喝，可是找了很多地方也没找到哪里有水。他走到一户人家门口，见门开着，就掏出瓷缸子走了进去。这时，屋里出来一个五大三粗的男人，一看到他，瞪着眼说："有你这样直接进门要饭的吗？"

老歪忙解释说："我不是要饭的，是渴了，想要碗水喝，你看看能不能……"

男人没再说什么，指着大门："出去出去，没有。街上有卖饮料的。"说着就把他往外推。

老歪很生气：真小气，一碗水就舍不得！

他这一气，走路的劲就少了很多。他把被子往地上一摔，坐上去的时候，瓷缸子也蹾在地上了。刚坐下没多大一会儿，就走过来两个要饭的。他以为他们是来跟他扯闲话来了，一看，却发现他们的眼睛里露出扎人的凶光。他们到他跟前，抬脚就把他的瓷缸子踢翻了：

"这是我们的地盘，跟我们争没你的好果子吃。"

老歪火了："我跟你们争啥地盘了？啥是你们的地盘？"

"我们在这里要饭是给这里的人交了保护费的，你想在这儿要，就要给我们交钱。"

"听不懂你说的啥。给你说，我不是在这儿要饭的！"

那俩要饭的撇撇嘴："打肿脸充胖子。你以为你这样一说就比俺高贵？屁！"

老歪很窝火："我啥时候说我比你们高贵了？你不高贵，我也不高贵……"

"我不高贵？我吃你的、喝你的、拿你的了？你凭啥看不起俺？"

"我咋看不起你们了？"

"你是没说，可是你那说话的样子就是那意思！你说你不是要饭的，不就是看不起俺是要饭的？俺好不容易争了这个地盘你也来争，你有本事也做城里人，你也去当官坐小鳖盖车去！"

老歪感到莫名其妙，不知道该说什么、怎么说，再也不想和他们理论，哼一声站起身走了。

老歪忽然有点想回家了。在家里有烦恼，那烦恼毕竟和在这里的不一样。但，那漂亮的花园他还没去看，那些跳舞的、扭秧歌的、唱歌的、打太极拳的，他还想看看真人，最主要的想到那儿看看刘洋洋是不是真的在那儿。只要刘洋洋在那儿，能看她一眼就中，说话不说话都不打紧，毕竟两个人有过感情。要是能说上话，叙叙旧，再好不过了。人啊，感情这东西真奇怪，有了感情一辈子放不下，嘴里不说，心里也时常念叨。另外，还有一个愿望没实现，就是能见上县委书记。书记是这个县最大的官，不像那早晨踢他的穿灰衣服的人，不像那卖胡辣汤的，也不像那连碗凉水也舍不得的男人。电视上说得很清楚，书记没一点架子，和老百姓跟亲兄弟一样。他跟老扛说过进城就是想见见书记，如果不见，回去了，老扛问他，他没见成，老扛会笑话他的。

他不知道那花园在哪儿，就问一个迎面来的年轻人。年轻人说，就在城边、湖边。他想问是城边还是在湖边，忽然想到县城外就是湖，说城边和湖边都对。于是就一歪一歪地向城外走去。

出城不远他就看见了跟电视上一模一样的花园，花园的不远处就是湖。花园里面不仅有唱歌的、跳舞的、扭秧歌的、打太极拳的，还有好多好多花，好多好多鸟儿，还有好多好多没有见过的树，比电视上还好看。那跳舞的、扭秧歌的、打太极拳的都是一拨一拨的，每一拨都放着"收音机"。就是和自己的收音机里唱的歌不一样，好听得很。一听那歌，心里就敞亮了，啥烦恼也没有了。

他见花坛边沿有个台阶可以坐，就走过去，把被子放一边，坐下来，看人家跳舞、扭秧歌、打太极拳。他原来以为跳舞的、扭秧歌的、打太极拳的都是年轻人，这个时候到她们跟前一看才知道，不仅有年轻人，还有和自己一样年纪的老太太、老头子。扭秧歌的老太太们都穿着大红大红的衣服，手里打着红扇子，脸上打着红脸蛋，嘴唇上抹着口红，哪像是老太太？打太极拳的老头子们穿着一身白衣服，手里拿着缀着红缨子的长剑，摆着手，踢着腿，衣袖飘舞着，神仙似的。他忽然低下了头：唉，和人家比，咱……

不知道什么时候，他居然站了起来，学着扭秧歌的人的动作，慢慢地也扭起来，腿一点也不显得歪。这一扭一跳的，浑身骨头节"咯嘣咯嘣"乱响，浑身也有了劲头，感觉自己年轻了几十岁似的。他扭着跳着，两眼不住地往那扭秧歌的、打太极拳的人里瞅，看看有没有刘洋洋。

刘洋洋和他是一个村的，年纪也一样大。老歪虽然家里穷，但年轻时高鼻梁大眼睛，脸白白净净，人长得很帅，一说话就逗得人发笑，在村里很讨女孩子喜欢。刘洋洋喜欢他，她家盖房打地基的时候，老歪领着人给她家打夯。老歪唱的打夯歌，她特别喜欢听。

豫东农村建房打地基是必用夯夯实的。夯由两部分组成：下面是一圆柱形石头，石头上平面的中心有一个大大的"窑"，周边有六个或者四个穿透的"孔"，称为"鼻子"。"窑"里揳进去一根三四尺高的圆木桩，木桩的两边对称着上下各有两个斜孔，上下斜孔里揳入弓形木棍，就像一个人叉腰站着似的，便于两个掌夯人"掌夯"。"鼻子"里各有一个"皮环"，"皮环"里绑上绳子，供六个或者四个拉夯人拉夯。打夯时，两个掌夯人前后对面，前面的为领夯人，全由他来指挥。拉夯人右手举着绳子的末端，左手下滑往夯的跟前提绳子，以便把夯提起来。当掌夯人发出号子后，拉夯人便随着号子同时提夯。往左往右、或前或后，都要听掌夯人指挥。打夯时，领夯人看谁不用力，或注意力不集中，也可以边掌夯边批评。老歪是全村掌夯掌得最好的，为活跃气氛，还可以编笑话。他说一声，拉夯人要随着附和，跟唱的一样，很是好听：

　　　　掂起来啦

　　　　夯——来——

　　　　加把劲呀

　　　　夯——来——

　　　　齐用力呀

　　　　夯——来——

打到边呀

夯——来——

往前走呀

夯——来——

勾着个头呀

夯——来——

想谁哩呀?

夯——来——

想嫂子呀?

夯——来——

要挨打呀

夯——来——.

　　老歪看到刘洋洋一直盯着他,两眼直直的,劲头更足,也更精神了:左右环顾一眼各位夯手,另一只掐腰的手忽然往上一举,声音也随着高起来。周围的夯手也随着加了劲,快提快放,甚至夯还没有落下来,就猛往下拉。那夯也就夯得更有力,号子也更响亮,都是放高嗓门喊:

　　快快快呀

夯——来——

这样好啊

夯——来——

再来来呀

夯——来——

　　自始至终，刘洋洋一直没有离开打夯现场。刘洋洋家的房子盖好了，两个人也好上了。从那以后，老歪经常到她家干活，还经常和她一块去赶集。老歪许诺说：我有力气，也不笨，将来咱一定会过上好日子。开始，刘洋洋的父亲也没反对。后来，她的一个亲戚看她长得漂亮，就给她介绍了一个县城的小伙子。刘洋洋不同意，她父亲先是打她，后来又威胁老歪，说再和刘洋洋来往就打断他的腿。老歪不想因为自己让刘洋洋受委屈，就断了自己的念想，并劝她：去城里吧，你爹是为你好，在城里要比在咱这儿享福。刘洋洋嫁到城里后，每次回来两个人都要躲到村头说半天话。老歪也曾到城里和她一起逛过红旗楼、朱家祠堂。再后来，老歪没再进过城，他不想给刘洋洋惹麻烦。再后来老歪成家了，刘洋洋回娘家的时候他们只能远远地看上一眼。刘洋洋的父母死后，家里也没什么人了，她也就没再回来过……

　　老歪扭着想着，想着扭着，忘掉了一切。不知道什么时候，扭秧歌的、打太极拳的老太太、老头子都停了下来，都在看他。他开始不知道，等他知道了，脸一下子红了，急忙坐到了原来坐的台阶上。

　　这时，有几个老太太走过来，问他是哪里人，来干什么。他说是官路边村的，什么也不干。一个额头上长着一颗美人痣的老太太问他：

"你喜欢扭秧歌、打太极拳？"

他嘿嘿一笑："说句实话不好听，我不会。"

"没事就来学吧，慢慢就会了。"

看他们都跟自家人一样，他忽然忍不住问："你们认识不认识一个叫刘洋洋的？"

美人痣老太太惊讶地问他："咋不认识，过去我们经常在一起扭秧歌，你认识她？"

"是的，认识……她还好吧？"

"她……唉，她不在了，一个月前早晨来晨练，被一辆轿车撞死了，那车也跑了，现在还没破案……现在的人……"

老歪一下子蒙了，眼里嘟噜掉下一串泪来。

他没再说什么，背起被子离开了这里。扭秧歌的几个老太太望着他，很久也没明白是怎么一回事。

已经走了很远，老歪忽然又折了回来，问那几个还在发愣的老太太："她是在哪个地方被撞着的？"

美人痣老太太说："就在进公园的那个入口处。"

老歪走到公园入口处，见对面有个卖香烟纸炮的杂货铺，走过去买了一刀纸，返回到公园门口，一边点燃一边流着泪说："洋洋，几十年没来看过你，不是我老歪不想你，是怕给你惹麻烦。你有家有孩子了，我再喜欢你也只能埋在心里。我也是有家有孩子了，孩子他妈对我也很好，我不能对不住孩子他妈。我这样做不知道你怪我没有。洋洋啊，你是个多好的人啊，咋说走就走了哩？好人咋就不长寿哩？那撞死你的人跑了，现在还没抓住……现在的人怎么恁没良心哩？我老歪身上没带几个钱，不知道你的坟在哪儿，就在这儿给你送几个钱花吧！我知道你也是个仔细（过日子节俭）人，现在别再仔细了，不论我送你多少，是我老歪的心意。人这一辈子不容易，有人想着念着也不容易。过些日子我还来给你送钱。你不用挂念我，我很好，身子骨硬朗着哩……你喜欢扭秧歌就找几个姐们儿扭，想干啥就干啥，心里舒坦就中，别委屈了自己……"

老歪呆呆地坐了几个小时。他没有吃午饭，却一点也不饿。

这时候，跟前来了两个要饭的。一个中年妇女，背着一个三岁左右的孩子。

"老爷爷，给几个钱吧……"

老歪以为又遇上了说他争地盘的人，本来不想说话，但看他们怪可怜的，就说："你咋不到城里跟有钱人要啊，我从夜个来，才吃了一顿饭，手里没几个钱。中午饭也没舍得吃哩，好贵。"

"俺是才从城里被赶出来的，里面不让待。"

"你家没吃的？"

"俺村挨着城，被拆了，在那儿建商品房，俺不愿意，夜里就有人把俺和孩他爸打了一顿，房子也给砸个大窟窿。原来有几亩地，现在就剩几分地了，打的粮食紧巴紧够吃。可是，没有来钱的门路。孩他爹去外地一个煤窑打工，干了一年，不但没工钱，孩他爹向他们讨要时还被那黑心的老板给打了一顿，后来再没他的音信，现在是活不见人，死不见尸。而且孩子有病，得好多钱，找村干部，村干部说，现在村里哪有钱？找乡里，乡干部让找民政所，民政所说今年的救济款还没下来。孩子的病已经耽误了，没办法才来要。"

老歪低下头半天没话。妇女看他不给，就背着孩子走了。他们已经走了很远，老歪忽然叫道："别走哩……"

他一歪一歪地赶上去，从衣兜里摸索半天摸索出五块钱，塞到妇女手里。他把二十块钱分别装在四个兜里，花掉三块，还有十七块。妇女看了看他，说："你也这样啊，不要你的钱了，不要了。"

老歪火了："看不起呀？我儿子在北京哩，两个儿子都在北京。你说我没钱？我有钱。拿着！"

中年妇女颤抖着手，说："谢谢，谢谢了……"

老歪什么也没说，也没再看她。就在这时他看到又有几个要饭的朝他走来，便唉了一声，一歪一歪地向城里走去，因为要回家就必须经过城里。

走了不知道多长时间，他看见一座红墙院子，还有一个大红门。他一问才知道这就是县委。于是，就在大门对面的马路边坐了下来。心里说，本不想来这儿了，但既然走到这里了就想法见见书记。

那大门就是大，比两层楼还高，门口挂着几个红牌子。

大门并没有门，小车一进一出，那门就一伸一缩。门口立着两个人，穿的衣服跟警察的差不多，胳膊上也有个牌牌，也戴着大檐帽，挺威武的。

他等了一阵不见书记，就朝大门走去。一个衣服跟警察的差不多的人就走了过来：

"干什么的？"

"不干什么。"老歪赔着笑脸说。

"不干什么你来干什么？"

"我想看看书记。"

"看书记？你？"

"是呀是呀，就是我……"

"你不是没事找事吗？"

"是的，就是没事找事，想看看……"

衣服跟警察的差不多的人脸色忽然变得很难看："去，一边去！这里是你没事找事的地方！"

看人家不让进，他就又退到路对面，停下来。被子往地上一放，把被子当凳子坐上，眼睛盯着县委大门口。他想，书记就在里面办公，他总是要出来的。电视上看到过他，他一从这儿走我就能认出他。我喜欢他这样关心老百姓的领导，看一眼就中，看一眼就能在老扛面前说上话了。能跟书记握个手，再说上几句憋在心里的话，这次就算没白来。他觉得有很多要说，就是没地方说。

大门口的小车出出进进一辆接一辆。他不知道是什么车，

　　　　　　　　　　　　　　旅途愉快

但是，都是明光光的。那些车前后都有一个小牌牌，不是有四个圈，就是一个圈里有个羊角样的东西，有的是圈里面有几个手指头一样的东西。那些车都关着窗户，往里面什么也看不见，那些车每逢出来进去，衣服跟警察的差不多的人都要敬礼。老歪笑了：这两个人是不是脑子进水了，给车敬什么礼呀？进而又感到奇怪：这县委咋只见车就不见人呢？人都去哪里了？都下乡看老百姓了？

他又等了一会儿，还是不见书记出来，心里就又嘀咕：今天书记咋不出来哩？这街上也有扫地的呀，你咋不跟他们说话、握手，你跟他们一说话握手，我不就碰上了吗？不是就说上话了吗？

又等了一段时间，眼看太阳就落了，他等不下去了，又一次向大门口走去。那个衣服跟警察的差不多的人又一次拦住了他。没等那人说话他就开了口：

"书记在哪个屋办公，我想见见他，说说话……"

衣服跟警察的差不多的人白了他一眼："你神经病不是？你想见书记就见了？你想说啥就说啥？"

"电视上书记不是喜欢跟老百姓说话吗？我也想跟他说两句，你行行好……"

他还没说完，就见从大门外西侧走过来两个人，穿的衣服跟大街上的人一样，但眼睛很凶。他们把他拉到路对面，让他蹲下，一个问他是哪里人，来县委干什么，另一个则解开他的被子，里里外外翻看了一遍。检查他被子的人问："你是上访的？"

"你咋知道？"老歪很生气。

"一看就知道。不是上访来干什么？"

老歪忽然意识到了什么，声音硬当当地说："你们是什么人？你们凭啥看我的东西？"

开始问他的那个人说："我们是公安局的。"

老歪并不买他的账："公安局的就恁这样？"

检查他被子的人掏出一个本本："这是我的证件。"

老歪扫了一眼本本说："我又不识字，让我看那干啥？公安局的咋了？我又没犯法，公安局的咋了？"

"我们在这里是防止非法上访、闹事，维护县委秩序的。"

"我一不上访，二不闹事，你们拦我、检查我的东西干啥？"

"看看你带的有危险品没有。"

"这县委不是给俺老百姓办事的地方吗？俺老百姓为啥进不了？"

"你没事进县委干什么？"

"我在电视上看见书记了，书记对老百姓好，俺就想看书记一眼，说一句话就中，恁咋把俺当坏人了？"

两个警察往旁边一站，小声说："一个神经不正常的人，把他送回去算了。"说着就打了个电话。

老歪没听清他们说了什么，一甩头："哼，我一个老百姓看把你们吓的！

两个公安不再理他。他夹起被子再次向县委走去，临走还白了他们一眼。可是，他刚走了几步，两个公安就把他给抓住了。

　　不一会儿来了一辆车，车上下来几个人，不由分说，架着他就把他推上了车。

　　老歪拼命挣扎："你们要干啥？你们要干啥？"

　　几个人也不理他，也不说话，那车一晃就走了。

　　"你们要把我拉哪儿去？你们是啥人？"

　　"我们也不是坏人。我们也不想这样做，这是上级的命令。"

　　出了城，几个人说："你还不满意呢，专车送你，你是啥待遇你知道吗？"

　　"我要见书记……"

　　"那就看电视。"

　　"不，我不看电视。你们不停车回头我告你们……"

　　任他怎么嚷嚷怎么叫，几个人只是叹气，一句话也不说。

五

　　那车真快，不到半个小时就把他送到了村头。老歪这时候才知道他们是把自己送回家了，不让他在县城。车一停，几个人就把他架了下来。他忽然想骂他们几句，还没骂出口那车就跑远了。

他气鼓鼓地往家走着，愤恨地骂着："娘的，我想见见书记碍你们腿肚子筋疼来？非把我送回来……"

骂完，一抬头看见老扛就在不远处站着。老扛一看到他，远远地就跟他打招呼："老歪，回来了？"

"唉、唉……"老歪不知道说啥好，一直唉唉。

"我看见是一辆车把你送回来的？"

他忽然变了一个笑脸，说："是啊，是啊。"

"你老歪牛呀！是谁派车送你的？"

"现在不告诉你。"

"吡吡，烧的吧你，看你那高兴样，呵呵，不会是书记派车送你的吧？"

"说句实话不好听，这回你说对了！"

老扛等他走到跟前，高兴地拍了他一下说："见上书记了？"

"那、那当然，咱书记可好了，还和我握手了呢……"

"啧啧……"老扛听着，眼睛直了，"啥时候我也得去看看。"

老歪又笑笑说："老扛啊，你不知道现在县城变成啥样子了？"

"啥样子了？"

"说句实话不好听，那楼高得往上一看就头晕，街上的大电视就跟咱的屋山一样大，还带彩。夜里呀跟白天没啥两样，啥都看得清清楚楚。城边那花园呀，比画的都好。唱歌的、跳舞的、扭秧歌的，热闹得很。树上那鸟啊，'啾啾''嘀嘀'，你就不知道叫得多好听。城里那学校你不知道有多好，仙境一样，里面也有花园，那些孩子呀，一个个跟花一样……"

"老歪呀老歪，你咋不在那儿多待一天多看看啊，要是我，说啥也不回来……"

"我是想多待几天，可是……"

老扛正羡慕不已，忽然看到老歪掉下一串泪来，惊奇地问："老歪，刚才还好好的，你这是……咋了？"

老歪憋了半天，终于把这一天的经历，一五一十地讲了个透。老扛听完，半天没话。忽然，吵架似的说：

"你去的时候我就不让你去，你着魔似的非去不中，咱祖祖辈辈就是这个命，到你这儿……你想改改咋的？你不是没事找事吗？"

老歪感到很委屈："我是没事找事吗？"

"你不是没事找事吗？"

"看你眼瞪的，我错了吗？"

"你没错，我错了吗？"

老扛想了想，什么也说不出来。

老歪恍惚，老扛也恍惚了。

2014年2月

旅途愉快

一

结束嘉峪关参观已是中午十二点。吃过午饭，我们又起程西去敦煌。上车后我们发现美女导游不见了，来了一个四十来岁眼睛不大的男导游。他清点了一下人数，拿起麦克风说："参观了天下第一雄关嘉峪关，大家是否有一种边塞烽烟起、铁马金戈鸣的穿越时光的感觉？"

没人回应。

"旅游是件快乐的事，但也辛苦，大家都累了吧？"

还是没人回应。

我们这个旅游团是散客团，团员来自四面八方，是在郑州聚合在一起的，旅游路线是从郑州到甘肃，再到新疆。由于大家互不相识，都少言寡语，加上前面那个女导游既讲解得不好，也不风趣幽默，还不停地让大家购物，从郑州到甘肃嘉峪关这段路程弄得大家很不开心，所以，现在大家都把不满发泄到了新导游的身上。

车发动了，男导游说："西行赴敦煌有380公里的路程，大家可在车上先睡一会儿。"

听了他的话，我身边的张书记很不高兴。这次来旅游是他爱人"强迫"他来的——退休了，很失落，天天在家发脾气，弄得家里鸡飞狗跳。张书记的爱人知道他最喜欢我这个秘书，能听进去我的话。张书记的爱人说，全国的景点他差不多都去过了，只没有到过甘肃和新疆。于是她就找新任书记替我请假，让我陪张书记出来旅游几天，散散心。张书记本来就带有情绪，这时忍不住白了导游一眼，"唉"地叹了口气，就真的闭上眼睛睡觉了。闭上眼睛的时候还嘟囔了一句：在家好好的，非让来旅什么游，找罪受。我心里也很不高兴：女导游木讷，男导游让睡觉，赴西域旅游原来是这个样子！我很想说：我们是来游览、观光、娱乐、听讲解、长知识的，不是来睡觉的。想想自己是来陪老领导的，一车的人没人说，我何必呢？就忍住了。赴西域旅游对我来说是一个很久很久的梦——过去，对它的了解只是书本和老师的讲解：它很远，它很大，它很神秘。有多远？有多大？有多神秘？书本里介绍得很简单，单从文字想象不出它是什么样子；老师讲了很多，但是，老师也没去过，老师也是照本宣科。多少年了一直谋划西域之行，但总是因为种种原因未能成行。难得有这样的机会来西域，所以我坚持不睡，两只眼像饿鹰一样前后左右不停地搜寻着。

一个多小时后，男导游重新拿起麦克风："各位朋友，已经休息一段时间了，该醒醒了。"

因为男导游的声音高，大家都醒了过来，但没人说话。

男导游并没有因为没人回应而感到难堪，接着说："很多游客出来旅游有一个特点：上车睡觉，下车尿尿，景点拍照，回到家里看着相片哈哈笑，问他什么，不知道。所以呀，我们不能再睡觉了。"

大家虽然都醒了，但都是一副无精打采的样子，听这导游这么一说，顿时精神了许多。

男导游接着说："我是本团的导游，接下来的旅程将由我为大家服务。我姓胡，以后大家就叫我胡导（捣）……"

大家忍不住笑了，有人说："这导游看着面冷，讲话还蛮风趣的。"

大家笑，胡导却没有笑。他往车窗外扫了一眼，然后回过头说："西域的风光、风情和内地大不相同，仅靠走马观花式的游览不行，还要听讲解。譬如，大家都见过羊，有谁知道戈壁滩的公羊和母羊怎么辨别？"

由于对这个导游有了好感，一车人都回答说："不知道。"

胡导微微一笑说："这里的羊尾巴不像内地的，尖尖的，而是像一个大饼似的。公羊走路，尾巴是上下摆动，而母羊是左右摆动。什么意思呢？公羊摆动尾巴是说：来吧，来吧。母羊是说：不忙，不忙！"

一车男女都大笑起来，尤其是女同志。张书记一路都不笑，这时嘴角也露出了笑意。张书记笑了，我也跟着笑起来——

我受人之托，任务就是让张书记开心，他开心了，我自然就开心，不然就等于"失职"。

见气氛活跃起来，胡导接着说："大家来自四面八方，有几个人一起的，也有单个人的。国家是家，家庭是家，我们既然走到了一起，也是一个家。电视剧《白蛇传》里唱道：'百年修得同船渡，千年修得共枕眠。'今天大家能走到一起是缘分，所以，每个人都要珍惜。不论你在家地位有多高，财富多少车，今天就只有一个身份——游客。因此，要做到忘记地位、忘记身份、忘记年龄，一路开心。为了大家旅途的方便，凡是来自一个地方的，我都当作一个小家庭，进行编号。每个地方的团员选一个'家长'，上下车清点人数、安排吃住、参观景点，有什么困难和问题，我都会先和家长联系。"

大家听了，都认为这样好：这个七姓八家的家，天南海北、男男女女、老老少少，没人组织和指挥，怎么能游得开心？于是，就按胡导的指挥，从前往后，进行报名编号，一车五十多人共组成了十个"家庭"。编号完毕，胡导说：

"到祖国的西部旅游，大多数景点相距较远，在车上的时间长，因此我提议每个家庭来个自我介绍，出一个节目。节目呢，或者唱首歌，或者讲个笑话，或者讲一段地方风俗，根据每个家庭的情况，形式、内容自选。"

大家听了，都很感兴趣，相互交头接耳，但没有一个愿意第一个先表演的。

胡导见状，笑笑说："万事开头难，我先自我介绍和表演节目，来个抛砖引玉，投砾引珠。"

胡导说完，就介绍起自己来："我已做了21年的导游，主要跑的旅游线路是嘉峪关、敦煌、吐鲁番、乌鲁木齐、喀纳斯，正是今天的旅游线路。我现在还是一所旅游学校的客座教授，被誉为超级导游。今天我能为大家服务，也是一种缘分。"他还说："我特别喜欢导游这个职业，我的爱情就发生在旅途中。一次，一对夫妇带着女儿来旅游，我是他们的导游。这对夫妇很喜欢我，临别记下了我的电话。回家后，他们经常和我通电话，并邀请我去他们那里游玩。后来，我就和他们的女儿交了朋友，并结为夫妻。如今我的妻子也是一名导游，我们生活得很幸福。"在大家都为他的爱情故事所感叹的时候，胡导又唱起了臧天朔的《朋友》：

朋友啊朋友
你可曾想起了我
如果你正享受幸福
请你忘记我

朋友啊朋友
你可曾记起了我
如果你正承受不幸
请你告诉我
…………

胡导的歌声悦耳动听，引起一阵热烈的掌声。不一会儿，不少"家庭"都有成员随着唱起来。胡导歌唱毕，见时机已成熟，就说道："下面先从一号家庭开始，二号家庭做准备。"

　　大家鼓掌，为一号家庭鼓劲，胡导也把麦克风递给一号家庭的"家长"。一号家庭只有两名小伙子，身高都在一米八左右，只是年长者偏胖，年少者偏瘦，并留着两撇小胡子。年长者是"家长"，他接过胡导递过去的麦克风，显得有些不自然，他想把麦克风交给小胡子。小胡子嘿嘿一笑，往一边趔着身子，摆手推辞。"家长"看没有退路，"哦哦"两声清了清嗓子，说：

　　"我姓刘，叫刘进财。我的合伙人姓赵，叫赵大伟。我们是哈尔滨人，经营着一家特色商店，专卖俄罗斯的商品，如打火机、望远镜、套娃、皮具等，今天在这里和大家认识了，若有愿意合作的，请联系我们。我们不差钱，但表演节目却不行，我就给大家唱一首《东北人都是活雷锋》吧。"

　　刘进财说完，大家报以热烈掌声。接着，刘进财便唱了起来：

<blockquote>
老张开车去东北

撞了

肇事司机耍流氓

跑了

多亏一个东北人
</blockquote>

送到医院缝五针

好了

…………

刘进财还没唱完，二号家庭的两个女孩便已笑得前仰后合。小胡子赵大伟扭头白了她们一眼："贱笑。"

她们本来无意，被赵大伟这么一说，脸立刻成了红布，也不敢再笑了。

二号家庭的两个女孩二十四五岁的样子，穿着时髦却不妖气，稳重又不失活泼，别人睡觉的时候，她们在看书。轮到她们的时候，两个女孩大大方方地站起来都去接麦克风。留着披肩发的女孩个子高一点，因为空中优势，首先接住了麦克风：

"我们来自山东，现在郑州大学读研。我姓乔，我的朋友姓欧阳。胡导和刘先生唱得都很好，我五音不全，唱歌怕倒了大家的胃口，因此想借这个机会和大家讨论一下被曲解和误读的俗语，不知道大家喜欢不喜欢。"

大家都说："喜欢，喜欢。"

张书记也向她们投以赞许的目光。女孩很认真，像讲课似的："我们每天都会说俗语，但不少俗语都被曲解和误读了。比如'王八蛋'，其实是'忘八端'，古代'八端'是指孝、悌、忠、信及礼、义、廉、耻，也就是做人之根本。"

不知道其他团员听出她的话外之音没有，听到这里，我

旅途愉快

不由对这个女孩另眼相看：她既不露声色地骂了赵大伟，又"教育"了他如何做人，看似轻描淡写，其实入木三分。

小乔轻轻地呼了口气，继续说："还有很多，如'打破砂锅问到底'，原本是'打破砂锅璺到底'，意思是砂锅被打破后其裂纹会一裂到底。另外，'狗屁不通'应该是'狗皮不通'才对，因为狗的表皮没有汗腺，酷夏的时候，狗要借助舌头来散发体内的燥热。而'无奸不商'原是'无尖不商'，是说古代米商做生意时，都把斗里的米堆得高高的、尖尖的，比实际数量还多，以博得回头客。"

小乔的一番讲解受到大家的称赞。姓欧阳的女孩看到后，也忙补充说："还有，如'三个臭皮匠，顶个诸葛亮'，'皮匠'实际上是'裨将'的谐音，'裨将'在古代是指'副将'，原意是指三个副将的智慧合起来能顶一个诸葛亮。"

欧阳说完，获得大家一片掌声。

见状，欧阳十分得意，接着又说："还有很多呢，像'有眼不识金镶玉'原是'有眼不识荆山玉'，荆是指古代楚国，荆山玉是玉匠在荆山发现的玉。'不到黄河心不死'原是'不到乌江心不死'，乌江是项羽自刎的地方，乌江讹变成黄河，真是让人无从解释了。'为朋友两肋插刀'，原是《隋唐演义》中秦琼秦叔宝为救朋友，染面涂须去登州冒充响马，路过两肋庄时，在岔道上想起老母妻儿，犹豫起来，一条路去历城，一条路去登州，一条路回家门，最终他还是为朋友去了登州。两肋庄岔道体现了秦琼的重义，后被人们传为'两肋岔道，义气千秋'。"

张书记赞许地望着他们说："原来是这样呀，不听你们讲，我还真不知道呢。我这退休的人了，还没你们懂得多。赞一个。"

小乔和欧阳得到如此赞誉，清亮的眼神中洋溢着自豪。

刘进财、赵大伟的面色非常难看，大概是因为和两个女孩相比，他们显得太没文化了！赵大伟白了她们一眼，说："卖弄。卖弄得再好，也没人给你们一分钱。"

小乔和欧阳正要反击，张书记批评赵大伟说："人家讲得很好嘛，哪里是卖弄？年轻人就应该像他们这样，爱学习，肯钻研。"

赵大伟看了看张书记，没敢再说什么，低头翻看起手机来。胡导接过小乔手里的麦克风，刚说了"下面请三号家庭"几个字，只听赵大伟尖声说："好玩，这信息太好玩了，对现在的领导干部描写得太形象了：公车坐着，小秘陪着；肚皮腆着，名牌穿着；补药吃着，美酒喝着；公款花着，国外玩着；上级哄着，下级骗着；廉洁喊着，贿赂收着；桑拿洗着，舞厅泡着；道德讲着，坏事做着；小姐搂着，麻将搓着；豪宅住着，情妇养着；权力握着，大财发着；百姓苦着，他们乐着。"

张书记朝他们瞪起了眼睛，要训斥他们，但被我阻止了。胡导也适时大声说："三号家庭，下面请三号家庭表演节目。"

此刻我很佩服胡导，如果不是他及时救场，照张书记喜欢批评人的习惯，非教训赵大伟不可。如果赵大伟不服，矛盾就会加剧，刚刚得来的快活气氛就会一扫而光。

三号家庭是两对夫妇，年龄都在六十岁左右，虽然穿的都是新衣服，但从他们脸上那枯燥的皮肤和一道道干涩的皱纹，能看出他们来自农村。当胡导点到他们的时候，大家向他们投去复杂的目光，这目光中带着不解，带着疑问。这次旅游每人要交6000元的报名费，加上购物，一个人最少要花去近万元。还有，他们能不能表演节目？要表演什么节目？正在大家疑惑的时候，"家长"接过胡导递去的麦克风，咧嘴一笑，露出没有牙齿的红色牙床，说：

"俺是从河南项城农村来的，俺两口和他两口是儿女亲家，一辈子没出过远门，没想到一出门就出这么远。俺不识字，也没表演过啥节目，老了，脑子也不好使。想当年牙如铁，生吃牛肉不用切。而如今发如雪，吃块豆腐还怕噎……"

他还没说完，全车人都笑得合不拢嘴，并伴以热烈掌声："好好，太好了，继续，继续。"

三号"家长"不知道大家为什么笑，问道："恁笑啥？是俺说得不好？"

大家齐声说："老人家，你说得太好了，真的，您继续说。"

三号"家长"接着说："俺姓邓，叫邓维亮，老伴姓韩，叫韩慧明。人家都说俺两口是'灯未亮，还会明'。"

"哈哈……"全车人又报以热烈的掌声和笑声。

邓维亮没有笑，他接着说："俺亲家姓项，项羽的项，叫项举。俺亲家母姓穆，叫穆会英。他们两个年轻的时候就争强好胜，干活一个顶俩。在家里也是谁也不让谁，经常抵牛，村里人说他们是铜盆碰上了铁刷子，乡干部说他们是项羽娶了个穆桂英……"

项举打断他说："亲家，你说你自家好了，别提俺的事。"

邓维亮不管不顾，继续说："俺亲家和我不一样，我是牙没了，头发不少。他呢，牙好，头发没了。大家看看他，头顶像个溜冰场，周围一圈铁丝网。"

车厢里又响起掌声和喝彩声。

邓维亮说："俺闺女在北京卖菜，他儿子也在北京卖菜，俩人遇上了，风里来雨里去，相互帮衬，就好上了。他们本来就孝顺，还在北京学来个啥感恩，也有钱了，非让俺出来玩，说现在有吃有喝了，也要像城里人一样，旅游旅游，提高啥生活质量。就这样，俺来了。"

项举从口袋里掏出烟，给大家递烟，说："俺乡里人没出过门，也不懂规矩，做得不到的地方大家多包涵，有啥事也请多多关照。"

胡导笑着制止他说："项老先生，你的情我们领了，但车里不能抽烟。"

项举不好意思地笑笑说："好，好，下车再抽，看景致的时候再抽。"

这时，胡导说："锁阳城就要到了，大家做好下车准备。"他接着说："锁阳城位于甘肃省瓜州县城东南约70公里的戈壁滩上，汉代是敦煌郡冥安县治所，西晋为晋昌县，隋朝为常乐县，唐朝为瓜州郡。明朝时设嘉峪关，锁阳城遭废弃。锁阳城是丝绸之路上的一大古城，在河西古代政治、经济、文化、军事诸方面曾起过非常重要的作用。锁阳城之名源于清代民间，因城周围有诸多味美甘甜的锁阳，后人因物命名为锁阳城。"

接下来，胡导又特别介绍了锁阳："锁阳，又称不老药，一种寄生植物，别名地毛球、锈铁棒、锁严子，野生于沙漠戈壁，生长之处雪不积、地不冻。有补肾润肠，治阳痿、尿血等功效。主要分布在新疆、甘肃、青海、内蒙古、宁夏等地，其中最好的是锁阳城的锁阳。锁阳既可煮粥，也可泡茶，需要者不妨买一点。但不可多用。"男人用多了，女人受不了；女人用多了，男人受不了；男女都用，床受不了。"

一片笑声中，到了锁阳城停车点，大家纷纷下车。

自赵大伟念了那条信息后，张书记就没再笑过，下车时他故意最后一个下，对着赵大伟的背狠狠地瞪了一眼。

二

参观锁阳城的时候，张书记把我拉到一边说："我要教育教育那个赵大伟，你为什么拦住我？"

我笑笑说："我们是来旅游的，不是来教育人的。"

其实我想说的是：这不在我们的地盘，你已经退休了，不是书记了，他既然敢那样说就是没有把你放在眼里。

张书记"哼"了一声说："我们的干部都是那样的吗？我是那样的吗？干部中有败类，可也不是都像他说的那样啊，他怎么能把我们的干部都说成是那样的？"

我说："像这样的信息有很多，有的写得比这还尖锐呢。"

"别人不了解我，你当了我多年的秘书，应该了解我吧？我坐公车了不假，那是工作需要。我受过贿吗？我说过假话吗？我搂过小姐、搓过麻将吗？我不关心老百姓的疾苦吗……"

我打断他说："张书记，那信息说的是现在干部队伍中的一些腐败丑恶现象，不是说你。"

"再说了，我也没有说他们什么嘛。我要他们多学习，是关心他们，是对他们好，他们怎么能说那样的话？现在的人怎么一有钱就变样了呢？不是党的政策好，他们去哪里赚钱？"

我劝他说："张书记呀，他们是年轻人，你是领导，怎么能跟他们一般见识呢。"

"我不能容忍他们玷污党的形象。"

我笑笑说："你不是经常教育我们要多听群众的意见，敢于接受群众的监督吗？你怎么……"

张书记没等我说完，立即截住我的话说："现在都乱套了，有钱人骂，穷人也骂，没人相信我们干部了。你说，这不危险吗？"

我再次笑笑说："你当书记的时候，不是经常让我们下乡调研吗？这次权当我们下乡调研了……"

张书记被我说笑了，指着我的鼻子说："油嘴滑舌。"

我们向前走着，远远地看见小乔、欧阳和刘进财、赵大伟在互相指责。张书记意识到他们之间发生了不快，叹口气说："现在的年轻人啊！"

邓维亮、项举他们因为照相，落在了后面，和我们走到了一起。张书记忙上前搭讪说："你们是项城的？"

邓维亮回答说："是啊。"

张书记自豪地问："你们知道我是哪里人吗？我是项城北边淮阳县的，我曾在项城××乡当过书记。"

邓维亮惊讶地说："那正是俺们乡，没想到在这里能遇上老乡，还是我们的领导。"

项举忙问："请问你贵姓？"

张书记说："我姓张。"

项举兴奋地说："您是张书记呀？知道知道，但那时候俺一个老百姓哪能见上您呀？您后来调哪儿了？"

我说："升了县委副书记，后来又担任了县委书记。"

邓维亮抢过话茬说："那时候，俺村老少爷们儿都知道乡里有个张书记，没少为老百姓办事，没想到在这里遇见了。"

张书记也有些激动，说："谢谢大家还记得我。你们村都富了吧？你们的孩子在北京卖菜一个月能收入多少？"

邓维亮得意地说："不愁吃不愁穿，孩子们一年能挣二三十万元。"

"那么多呀？"张书记激动得满脸通红。他看了我一眼，说："小李呀，你看看，人家的孩子多争气！"接着又看看邓维亮、项举，"家里种着地，孩子们还给钱花，日子蛮幸福的嘛。"

　　项举说："是的是的，俺知足，不像有的人这山望着那山高，天天发牢骚。"

　　张书记说："你告诉乡亲们，我老张虽然离开你们那里很多年了，但没忘记那里的乡亲们，回去后一定去看望大家。"

　　项举问："您工作那么忙，咋有空出来旅游了？"

　　张书记沉下脸说："不让干了，退休了，告老还乡了。"

　　邓维亮笑了："辛苦一辈子了，该歇歇享享福了。"

　　张书记生气地说："享什么福呀，天天没事干，简直是受罪。过去门庭若市，现在……"张书记忽然打住了，脸色变得更难看了。

　　项举不知道张书记为什么忽然不高兴了，忙岔开话题说："淮阳是个好地方呀，有千年古城，还有个大湖，是叫龙湖吧？还有太昊陵，烧香的人很多，我年年都去烧香，可灵验了。"

　　张书记正色说："再去淮阳时找我，我陪你们，门票我让他们给你们免了。"

　　邓维亮、项举都笑起来："那好，那好。"

　　锁阳城不大，很快游览就结束了。我们只顾着说话，也没有认真参观。上车后，继续西行。车刚发动不一会儿，我发现赵大伟不满地看了一眼小乔和欧阳，接着对刘进财说：

"锁阳城曾经那么辉煌，看着这些残垣断壁，我忽然想起苏轼的《念奴娇·赤壁怀古》：大江东去，浪淘尽，千古风流人物。故垒西边，人道是：三国周郎赤壁……遥想公瑾当年，小乔初嫁了……"

如果他只说苏轼的《念奴娇·赤壁怀古》倒也没什么，炫耀一下未免不可，只是他故意把"小乔初嫁了"说得格外响，我觉得他不是有在赞美三国时期的大乔和小乔，更不是在赞美小乔和欧阳，而是有意在说历史上就是美女配英雄，英雄娶美女，他们不仅有钱，也有文化，暗喻自己是英雄，意在羞辱小乔和欧阳。

小乔和欧阳很快明白过来，尤其是小乔，她也斜着眼刚要反击，但似乎又感觉不妥，于是就大声对胡导说："胡导，我们要调座位，给我们调座位。"

胡导说："前面比后面舒服，为什么要调呢？"

欧阳说："人家坐后面晕车，我们是坐前面恶心。"

她们这么一喊，全车人都把目光集中在了刘进财和赵大伟身上。他们知道小乔和欧阳是冲着他们来的，但他们脸红着没敢说什么——因为小乔和欧阳也没直说他们，他们怕犯众怒。我不由得赞叹：这两个女孩不一般，随机应变，进退自如，收放有度。

邓维亮见状，忙说："来来，我们换一下。"

司机把车停下，邓维亮拉着老伴来到小乔和欧阳的座位。

调好座位，为打破这尴尬局面，胡导忙说："锁阳城距敦煌市180多公里，余下的时间都要待在车上，晚上入住酒店，明天才能参观鸣沙山月牙泉和敦煌莫高窟。为了让大家保持一个愉快的心情，咱们依然按家庭编号表演节目。大家齐声回答："好，好。"

四号家庭是一对母女。母亲三十多岁，穿着紫色连衣裙，浓浓的眉毛下一双眼睛像两汪清泉，清澈透明，但神情却有些抑郁寡欢。胡导点到她的时候，她莞尔一笑说："我们来自湖北，我姓王，今天我有点不舒服，就让我女儿姗姗为大家唱首歌吧。"

姗姗听了妈妈的话，接过话筒便唱起来："两只老虎，两只老虎，跑得快，跑得快。一只没有眼睛，一只没有尾巴，真奇怪……"

孩子纯真的歌声，赢得了一片掌声和叫好声。大家很快就把刘进财、赵大伟带来的不快给甩到了一边。

五号家庭是两个中年女子，年龄在四十岁左右，一个穿着浅蓝色的衣服，一个穿着米黄色的衣服。穿浅蓝色衣服的女子长着一副瓜子脸，皮肤白皙，嘴唇涂着淡淡的口红，两只大眼睛大多数时间都是平视，显得很矜持。穿米黄色衣服的女子长着一张圆胖脸，小眼睛单眼皮，嘴唇有点上翘，也涂着淡淡的口红。她虽没有穿浅蓝色衣服的女子漂亮，但很耐看。她们除了偶尔小声说点什么，就是戴着耳麦听音乐，一路基本不与别人交流。

邓维亮也鼓动说："恁都是文化人，来一段，来一段，大家乐呵乐呵。"

一路上，刘进财、赵大伟就喜欢和女人套近乎，很早就盯上了她们，想和她们搭讪，但一直没得机会，这时也趁机说："美女，来一段。"

两人淡淡地笑了笑，摇了摇头，拒绝了。

胡导看她们拒绝，就朝向我们说："下面请六号家庭表演节目。"

邓维亮、项举一看轮到我们了，都鼓起掌来。邓维亮喊："张书记——"项举喊："来一段——"他们一呼一应，车内顿时热闹起来。

张书记本不想暴露自己的身份，这下被公布出来了——这不怪别人，只怪他跟邓维亮、项举叙旧时透露了身份。

张书记勉强笑笑说："我退休了，不是书记了，也是老百姓了。就像胡导说的，大家都是游客。"

胡导说："现在是游客，跟过去你是书记不矛盾呀。"

张书记指着我说："叫小李唱首歌吧，他的歌唱得好。"

听张书记这样说，邓维亮、项举、小乔、欧阳和四号家庭的母女俩都鼓起掌来。我看推辞不过，就接过了麦克风。但就在这时，张书记却从我手里夺走麦克风，说："我来吧。"

正当我疑惑不解时，张书记已经打开了话匣子："同志们，大家下午好……"

刘进财和赵大伟大笑起来，说："一听就知道是领导。"

张书记没有理会他们，继续说："我自己没啥可介绍的，可我的家乡值得给大家介绍：6500年前，中华民族的人文始祖、三皇之首太昊伏羲氏，带领部族从甘肃天水东下，定都宛丘，画八卦、刻书契、定姓氏、制嫁娶、兴礼乐、以龙纪官，从此中华大地升起文明的曙光。5000年前，炎帝神农氏在伏羲建都之旧址再次建都，改称为陈。3000年前，周武王灭商建立周朝，封帝舜的后裔妫满于陈。妫满到陈后，筑陈城建陈国，为陈国开国之君，是陈姓得姓始祖。出生于陈国苦县的老子，为道家创始人，后被尊为道教始祖。儒家文化创始人孔子三次到陈讲学，居陈四年，为儒家思想的形成奠定了基础。伏羲文化是中华民族的根文化，儒、道文化是支撑中华民族文化的两大骨架。宛丘、陈就是今天的河南淮阳，是中华民族文化的重要发祥地……"

他还没说完，大家都笑起来，纷纷说："张书记退休了也不忘为家乡做宣传啊，这么好的地方，有机会一定去参观。"

张书记见大家这么高兴，又说："不仅仅是这些，发生在那里的成语典故就有四十多个，如门可罗雀、大义灭亲、卖国求荣、歃血为盟……门可罗雀，说的是西汉淮阳郡守汲黯，带病卧治淮阳七年，最后死在淮阳。他品行高尚，为官清廉。位居高官时，门庭若市。失去官位时，门外可以张起捕捉雀鸟的罗网……"

我发现张书记说话间情绪忽然变了，急忙打断地说："下面我来给大家唱首歌吧。"

邓维亮、项举、小乔、欧阳和四号家庭的母女俩再次鼓起掌来。

我先唱了一首电视剧《三国演义》的主题曲《滚滚长江东逝水》，这是我最得意的一首歌，尤其是结尾这句"古今多少事，都付笑谈中"，几乎和原唱不相上下，车内掌声雷动。接着，我又唱了电视剧《红楼梦》的主题曲《枉凝眉》：

> 一个是阆苑仙葩，
>
> 一个是美玉无瑕。
>
> 若说没奇缘，
>
> 今生偏又遇着他；
>
> 若说有奇缘，
>
> 如何心事终虚化？
>
> 一个枉自嗟呀，
>
> 一个空劳牵挂。
>
> 一个是水中月，
>
> 一个是镜中花。
>
> 想眼中能有多少泪珠儿，
>
> 怎禁得秋流到冬尽，
>
> 春流到夏！

我能模仿女声，而且惟妙惟肖，连张书记都没有想到。张书记忍不住笑，指着我说："你小子行呀，原来还有这一手。"

车上的阴霾渐渐散去，不觉间到了敦煌市。

三

当天晚上，我们住在敦煌市的一家酒店。

在敦煌市我们要参观两个景点——鸣沙山月牙泉和莫高窟。依照行程安排，第二天吃过早饭我们便直奔鸣沙山月牙泉而去。

路上，胡导介绍说："鸣沙山月牙泉，古称沙井，俗名药泉，自汉朝起即为敦煌八景之一，名为月泉晓澈。因沙山的中间有一泉，状如月牙，因而得名。月牙泉南北长近100米，东西宽约25米，泉水东深西浅，最深处约5米，泉水碧绿，如翡翠般镶嵌在金子似的沙丘上，有沙漠第一泉之称。"我怎么也想不明白，沙山中间怎么会有泉，而且形似月牙。沙子容易流动，泉在沙山中间，大风一吹，岂不把泉给埋住了？我问张书记，张书记也想不明白。问其他人，也都说想不明白。

到了月牙泉，我震惊住了：流沙中一湾清泉，碧如翡翠，泉边芦苇茂密。微风起处，碧波荡漾。如果不是亲眼所见，我怎么也不会相信这是真的。胡导说："关于月牙泉，有许多种说法。有人认为，这一带可能是原党河河湾，是敦煌绿洲的一部分，由于沙丘移动，水道变化，遂成为单独水体。因为地势低，地下水不断向泉中补充，使之涓流不息，天旱不涸。"

下车时，胡导让大家穿了鞋套，他说鸣沙山的沙子很细，以防沙子进到鞋里。走在沙山上，一步一个坑，鞋套有些多余，光着脚多舒服呀！于是，我把鞋套和鞋子都脱了，光着脚，舒服极了！张书记见我这样，也脱掉鞋套和鞋子。见我们这样，邓维亮、项举、小乔、欧阳和四号家庭的母女俩，包括赵大伟、刘进财，也都脱了，只有五号家庭的两个人依然穿着鞋套和鞋子。

登鸣沙山时，小女孩姗姗遇到了困难：脚下的沙子一蹬一个坑，怎么也蹬不上去，她母亲去拉她，两个人都往下滑。我走上前把女孩背了起来。王女士感激地说："怎么能让你背呢？"

我笑着说："谁叫我们同是天涯沦落人呢？"

王女士被我逗乐了，说："你真幽默！"接着又说："那就麻烦了！"

姗姗甜甜地说："谢谢叔叔。"

邓维亮、项举虽然都是六十多岁的人了，但精神劲儿很足，一边向上爬，一边还"啊——啊——"地喊上几嗓子。邓维亮看到我背着姗姗，竖起大拇指说："小伙子，好样的。"

我说："小事一件，我们是一家嘛。"

邓维亮说："累了吭一声，我帮你背一会儿。"

鸣沙山说是山，其实是沙丘，虽然不高，但由于向上攀登时走一步退半步，未到山顶大家便直喘气。到了山顶，我们都禁不住躺倒在沙子上。刚躺下我就听到了风吹沙鸣的声音，那声音很轻，很柔，也很细，就像随风扬起的沙子。听了一会儿，我问姗姗："姗姗，你听到了吗？"

姗姗说："听到了。"

王女士看着我说："我也听到了。"

姗姗把脚插进沙子里，两手拢着沙子欢快地玩耍起来。王女士瞅了我一眼，说："昨天你的歌唱得太好了。"

我笑笑说："献丑，献丑了。"

王女士笑道："你唱得好极了，你给大家带来了欢乐。"

我说："我就是个乐天派。"

王女士说："你尽管极力掩饰自己，但我看出你也有着愤懑和忧伤。"

我吃惊地望着她问："何以见得？"

王女士犹豫了一下说："你唱《滚滚长江东逝水》时，豪放中有含蓄，高亢中有深沉，从中可以看出你的彷徨。当你唱到'若说没奇缘，今生偏又遇着他；若说有奇缘，如何心事终虚化'时，尽管面带笑，但眼底却有着不易让人觉察的泪光……"

不知为啥，一向控制力很好的我，忽然间竟想掉泪。我想否定王女士的话，却没有勇气，只是轻轻地叹了口气。

王女士急忙转移话题："张书记是你们书记？是他带你一起来旅游的？"

我把前后情况向她讲了，她看了一眼不远处的张书记，别有意味地说："多好的机会，怎么不带你女朋友一起来？"

我尴尬地笑笑说："我还没有女朋友。"

她有些激动，脸上现出一片红晕，但很快便笑道："蒙谁呢，县委书记的秘书，怎么会没有女朋友？"

我说："我结过婚，不过后来离了。"

王女士惊讶地问："为什么？"

不知道为什么，我从来不愿向别人讲述我的婚姻，但面对王女士我却毫无保留地向她倾诉起来。我说："一次旅行中，在火车上我遇到了一个女孩，我们谈古论今，吟诗作赋，之后我们书信不断。后来她来到我们县，我们生活在了一起。再后来，我们结婚了。她在一家大公司工作，很忙，我们常常几个月见不到一面。由于长期缺乏交流，我们之间的感情慢慢淡了，最终她有了外遇，我们和平分手。这次失败的婚姻，使我的心灵蒙上了阴影：什么是爱情？还有没有爱情？因此，我至今未再婚。"

王女士叹了口气，没再说什么。我本想问问王女士的情况，但还没来得及张口，王女士便说："我们该下山了。"

此时，张书记正和邓维亮、项举等人说笑着往山下走。不远处，二号家庭的小乔和欧阳，五号家庭的两个女人，也都在往山下走。我正要去追赶张书记，姗姗叫我："叔叔，我害怕。"

下山时，一不留神就会滚下去，何况一个才五岁的孩子呢。我笑着问："你是不是还想让叔叔背着呀？"

姗姗不好意思地笑笑说："是。"

我说："我背你下山，你得给我唱首歌。"

她说："让妈妈唱，妈妈会唱《走西口》。"

我看了看王女士，但王女士正神情肃穆地眺望着远方。

在山下，我们遇到了二号家庭的小乔和欧阳。我正要和她们打招呼，她们却激动地朝沙漠边沿跑去。我正疑惑着，只听小乔惊呼道："太美了，真是太神奇了。"

这时，刘进财和赵大伟走过来，说："神经病，不就是一朵花吗？有什么值得大呼小叫的！"

欧阳怒声说："你才神经病呢！碍你什么事？没教养！"

赵大伟瞪了他一眼，说："你知道麻虾从哪头放屁吗？"

小乔也怒了："你怎么骂人？"

"我还想揍人呢。"

"你揍个试试！有几个臭钱就不知道王二哥贵姓了。"

赵大伟走向前去，但被邓维亮拦住了。这时张书记也走上前去，目光直视赵大伟。赵大伟虽然没有把张书记放在眼里，但看到他那威严的目光，还是怯阵了。赵大伟走后，欧阳说道："既然沙漠里有泉水，人间也会有禽兽！"她既是在劝慰小乔，又是在骂赵大伟。

我说："人上一百，形形色色，能饶人处且饶人，人在旅途，以和为贵。"

听了我的话，她们没再说什么，随着我们一起向集合点走去。

胡导一直等候在集合点，因此并不知道一号家庭和二号家庭发生了不快，看我们上了车，他依然风趣幽默地讲着笑话。一行人直奔莫高窟而去。

中国有四大石窟：洛阳龙门石窟、山西云冈石窟、天水

　　　　　　　　　　　　旅途愉快

麦积山石窟、敦煌莫高窟。前三个我都去过了，莫高窟因为太远，一直不曾游览。

路上，胡导介绍说："莫高窟始建于前秦建元二年，已有1600余年的历史。目前保存有从十六国后期到北魏、西魏、北周、隋、唐、五代、宋、西夏、元等各代洞窟492个，彩塑3000余尊，壁画45000多平方米，是世界上现存规模最大、保存最完好的佛教艺术石窟。元朝以后，随着丝绸之路的废弃，莫高窟也停止了兴建并逐渐湮没于世人的视野中。直到清康熙四十年，这里才重新为人所注意。龙门石窟、云冈石窟突出的是石雕佛像，麦积山石窟突出的是泥塑佛像，莫高窟突出的则是壁画。"

为了保护壁画，没人参观的时候，所有石窟都是关闭的。石窟内没有灯光，每位导游带一把手电筒，游客也可以自备手电。由于拍照时闪光灯对文物有损坏，照相机不准带入石窟；游客不得带宠物进入石窟；如遇下雨、下雪、沙尘暴等恶劣天气，石窟则停止开放；不准带包进入；不能大声喧哗，游客和导游都戴着口罩。在我所参观过的文物景点中，莫高窟的管理是最严格的。

敦煌之旅结束后，我们要去的下一站是吐鲁番。敦煌距吐鲁番1000多公里，依据行程安排，我们要乘坐火车。当我们赶到火车站的时候，广播正在发布通知：因为道路出现塌方，××次列车晚点，到站时间另行通知。

我们的行程、路线都是安排好的，一个地方耽误了，就会影响全程。胡导建议改乘卧铺客车，不然就不能按时到达吐鲁番。但很多游客都不愿意：我们定的是火车票，怎么能说改就改？这么远的路程，坐客车不把人颠簸个半死？胡导耐心地解释说："如果是我的失误，不可原谅，但出现不可抗力因素则希望大家理解。"

我心想：出来旅游，一是增长见识，二是体验各种生活，因此我极力帮助胡导做大家的工作。张书记也说："我们每个人都会生病，何况是旅途。独立于人的行为之外，无法预见、无法预防、无法避免和无法控制，不受当事人的意志所支配的现象，在各国都是免责的。所以，大家就不要为难胡导了。"

牢骚归牢骚，最后大家还是同意了胡导的建议。

由于是临时换车，直到太阳落山时胡导才协调好车辆。我们一个个按顺序登上大巴车。巧合的是，王女士母女的铺位和我的铺位紧挨着。卧铺客车可没有火车舒适，由于铺位短，根本伸不开腿，只能半躺着。因为姗姗年龄小，王女士和她睡一个铺位，她让女儿睡在她两腿间，她也是半躺着。我们肩并肩地半躺着，不禁相视而笑。

大家都上了车，我们起程西去，不久便进入茫茫戈壁滩中。这里很远不见一棵树，不见一片绿洲，放眼望去，一望无际，全是戈壁。王女士向车内看了看，见大家都睡着了，便将肩膀靠近了我。不知道为什么，我不仅没有回避，而且有意朝她靠了靠，并朝她笑了笑。她也给了我一个微笑，我们都没有说话。我的心里甜甜的。沉默了一回儿，王女士正要和我说话，忽然五号家庭的两个女人嚷嚷起来："谁的脚这么臭？怎么这么没公德？"

我不由自主看了一下自己的脚，王女士见后抿嘴一笑。这时，只听五号家庭穿浅蓝色衣服的女人恶狠狠地说："你没有洗脚？"

铺位和她挨着的邓维亮慌忙说："洗了呀，在宾馆天天洗！好不容易住宾馆咋能不洗呢？"

"那你的脚为什么那么臭？"

"不臭呀，我一点儿也没闻到臭呀。"

穿米黄色衣服的女人也搭上了腔："你是习惯了，自己闻不到。你就不会把脚盖住吗？"

邓维亮诚惶诚恐地说："我盖着了呀，一直盖着的呀。"

穿浅蓝色衣服的女人忽然提高嗓门说："是你的鞋臭，快给包起来！真是的。"

邓维亮急忙把鞋子装进提包里，连连说："大妹子，对不起。对不起，大妹子。"

没想到穿米黄色衣服的女人扭过头说："谁是你大妹子？我们有那么老吗？农村人……"

项举光着脚奔过来，说："咋了？我们农村人咋了？往上查查，看看你的祖上是不是农村人？"

五号家庭的两个女人正要反击，这时，胡导从前面赶了过来，说："大家出门在外，都相互包容一些。"

由于五号家庭的两个女人一路上不与任何人交流，对人不屑一顾的样子，这时大家都替邓维亮说话，这两个女人也没敢再说什么。

事态平息后，车内彻底安静下来。

汽车驶入了夜色中，外面什么也看不到。路况很差，颠簸得厉害，大家一开始都睡不着，但慢慢地都进入了梦乡。

不知道什么时候，车停了，胡导喊道："大家醒一醒，我们已经进入新疆境内，请拿出你们身份证，接受检查。警官证和军官证也可以。"

我一边掏身份证，一边往窗外看，在一片黑暗中，有个地方灯火辉煌，大牌子上写着 ×× 检查站。

检查完证件，车子再次启动。路上很少遇见车，借助车灯看到路两边白茫茫的，我以为是雪。胡导说："不是雪，是盐碱。"

又走了不知道多久，有人要求到服务区方便。胡导说："这一路上没有服务区，只能就地解决。"说话间，车在路边停了下来，外面风很大。新疆昼夜温差大，夜里很冷，尽管大家都带了防寒的衣服，但因为都装在包里，想着下车也就一小会儿，便没人去拿。不料，下了车，发现外面冷得像个大冰窖。大家各自找了处隐蔽的地方，解决完问题，便快速回到车上。车再次发动起来。

不知不觉天亮了，我们也到了吐鲁番。

四

到了吐鲁番，大家便谈论起关牧村演唱的歌曲《吐鲁番的葡萄熟了》，旋律婉转悠扬，歌词真挚感人，它向人们讲述了维吾尔族姑娘阿娜尔罕和边防哨兵克里木的爱情故事。胡导说："其实，除《吐鲁番的葡萄熟了》外，还有一首有名的歌曲——《达坂城的姑娘》。这是一首维吾尔族民歌，1938年，作曲家王洛宾所在的抗战剧团组织联欢会，一个头戴小花帽，留着小胡子的维吾尔族司机，用维吾尔族语唱了一首简短的歌曲。王洛宾被这首歌打动了，他记下了这首歌的旋律，又请维吾尔族商贩对歌词进行简单翻译，并很快编配成一首简短流畅的《达坂城的姑娘》。其实，当时达坂城只有几棵榆树和二十几户人家，并没有姑娘，风沙倒是这里的常客。一曲《达坂城的姑娘》使达坂城名扬天下，歌曲里的姑娘实际上是维吾尔族姑娘。"听到这里，大家都笑了。

吐鲁番有交河故城、坎儿井、维吾尔古村、火焰山、苏公塔、葡萄沟等景点，我们首先参观的是交河故城。在我的想象中，既然是故城，就应该是高高的砖墙，巍峨的城门。可是，等到了景区，我被惊呆了：这里没有一砖一瓦，全是土造的。元末，吐鲁番一带连年战火，交河城毁损严重，终于被弃。

我不由感叹道："两千多年过去了，经历了无数风雨，交河土城依然挺立在这片土地上，不能不说是一大奇迹。"

张书记说："是啊，不是亲眼所见，真不敢相信啊！"

这时，只听刘进财和赵大伟嚷嚷着："这是什么呀？一片破土墙，和猪圈一样，有什么好看的？这不是忽悠我们吗？"

小乔耻笑道："一点儿历史知识都没有，居然还装腔作势念《念奴娇·赤壁怀古》，猪鼻子插大葱——装象呢。"

赵大伟怒气冲冲地指着小乔的鼻子说："你敢骂老子？你那点臭知识一分钱都不值。"

小乔丝毫不惧："你除了钱，还有什么？"

"老子有钱就有一切。"

"有本事把你老子的头像印到人民币上。"

大家都大笑起来。赵大伟恼羞成怒，抬手给了小乔一巴掌。

小乔被给突如其来的巴掌打蒙了，等她反应过来时，赵大伟已经走了。小乔要追上去打赵大伟，但被欧阳拉住了："我们打不过他，到了乌鲁木齐再说。"

随后，两人躲到旁边打起了电话。

邓维亮、项举、王女士母女等人来到我和张书记跟前说："那个赵大伟太不像话了，一个大男人怎么打女孩子？"

邓维亮拉了一下张书记说："你是领导，你去教育教育他。"

张书记苦笑着说："我这个领导就像这交河故城，过去很辉煌，现在只能是被参观，不实用了，何况这也不是我管辖的地盘。"

邓维亮、项举叹息一声说："现在的人怎么都这样呢？"

一号家庭和二号家庭、三号家庭和五号家庭接连发生不愉快的事，大大降低了整个团队的参观兴致。接下来的坎儿井、维吾尔古村、火焰山、苏公塔、葡萄沟五个景点，我们再也没有心情游览。大家无怨无恨，聚在一起是缘分，好端端的一个大"家庭"，怎么会变成这样呢？

　　晚上，我们入住在乌鲁木齐市中心的一家快捷酒店。

　　这次旅游，旅行社只负责交通、住宿和景点门票，不负责吃饭。把行李放进房间后，大家便各自去找吃的了。我和张书记正要出门，邓维亮、项举及其家人来到我们房间。邓维亮笑呵呵地说："张书记，咱哥们儿几个一块喝两杯，咋样？"

　　张书记爽快地说："好啊。说实话，我得好好谢谢你们，如果没有你们，这次旅游我不会这么开心。走，今天我们一定要尽兴。"

　　项举说："张书记，今天我请客。"

　　张书记不高兴地说："什么你请客，我请。"

　　项举说："看不上俺老百姓不是？"

　　张书记更不高兴了："什么话，我也是老百姓了嘛。不要说我退了，就是不退，也是老百姓。内乡古县衙有这么一副楹联：吃百姓之饭，穿百姓之衣，莫道百姓可欺，自己也是百姓；得一官不荣，失一官不辱，勿说一官无用，地方全靠一官。"

　　大家说说笑笑，一起来到酒店大堂，忽然发现王女士母女正站在大堂内。张书记看了我一眼，然后说："小王，来来，我们一块吃饭去。"

王女士有些犹豫，她以为张书记是在叫别人。邓维亮忙说："小王，你瞅啥呀，张书记叫你呢。"

听邓维亮这么说，王女士才高兴地领着女儿朝我们走过来。

走出酒店，我看到不远处站着十多个年轻人，都盯着酒店大门。而小乔和欧阳则站在一棵树下。我忽然想起在交河故城，小乔和欧阳躲在一边打电话的样子，意识到有可能要发生什么事。但转念一想，小乔和欧阳是山东人，刘进财和赵大伟是东北人，在这遥远的乌鲁木齐，人生地不熟，能发生什么事？我自嘲地笑了笑，忙追上张书记他们。

我们一行人来到一家维吾尔族人开的饭馆。饭馆门面虽不大，但很整洁。坐下后，邓维亮把菜单递给张书记说："张书记，您见多识广，您来点菜，别舍不得，咱哥们儿难得一聚，不差钱。"

我笑道："老邓啊，才出来几天，你也学洋气了呀。"

邓维亮抿嘴一笑："人家看不起俺农村人，你也看不起呀？"

张书记也笑了，说："你还记恨人家呀？"

项举接过话说："大家都是来旅游的，聚到一块不容易，应该互相照应是不？我做得不到的地方，你诚心诚意地指出来，我高兴，但就是不能忍受别人侮辱咱的人格。若在家，我早就像刘欢唱的那样：该出手时就出手……"

项举说着说着就唱开了，我们几个人忍不住大笑起来。

张书记很高兴，本来酒量就不行，不一会儿就红了脸。他看着我说："小李呀，有一件事我感到非常对不住你……"

我急忙截住他的话说："张书记，咱喝酒，不说过去的事。"

"不，不说我心里憋个疙瘩。小李，以你的才干，早该提拔了，是我私心重，害怕再也找不到像你这么好的秘书，没提拔你。等我要提拔你的时候，却退了。我也向新书记提议过，可他嘴上答应得好，就是不提拔……"

我说："张书记，咱今天不提这事。"

张书记继续说："过去，我是一心扑在工作上，从不讲个人得失。别人得空搞搞书法、绘画、写作，学个一技之长。我呢，现在退了才发现什么也不会。天天待在家中，举杯邀明月，对影成三人。你要记住我的教训……"

我笑道："我记住了。"

邓维亮也说："张书记，你放心，小李是块料，是金子总会发光的。"

酒饱饭足，一行人准备回酒店。张书记忽然指着我的鼻子说："我给你个任务，抓紧把自己的婚姻问题给解决了，这是个大事！"

我笑笑说："我记下了。"

回到酒店，张书记就躺下了。我睡不着，又怕看电视影响他休息，就想一个人出去转转。

我们的房间和王女士她们对面。打开门时，恰好王女士也打开了门。我问："你还没休息啊？"

她说："姗姗睡了，我睡不着。"

我"哦"了一声，不知道再说什么。她看着我说："我们去散散步吧？"

我们一起来到楼下，走在霓虹灯闪烁的小道上，我笑了笑说："我还不知道你的名字呢。"

她不好意思地说："对不起，是我忘记告诉你了，我叫王洁，洁净的洁，不是杰出的杰。"

我说："洁可杰，杰也可洁也，不洁何杰？"

她掩口而笑："洁非杰，杰岂洁？不洁也杰也。"

停了一会儿，她叹了一口气说："很多人想起个好名字，以为会有个好命运，其实名字与命运没有什么联系。"

我问："何出此言？"

她说："我的初恋是我中学同学，他奶奶是新中国成立后第一批援疆女兵。后来，他奶奶为让他母亲能够回到内地，就把她嫁给了老家的一个小伙子，再后来就有了我那个同学。大学毕业后，他父母在一次车祸中不幸身亡。他奶奶不放心他，就把他接回了新疆。由于两地相隔遥远，我家人反对，我们被迫分手。后来，经人介绍，我认识了我的第一任丈夫。他不仅长得帅，而且能说会道，我被他的甜言蜜语虏获了。不久，我们就结婚了。婚后我发现，他和很多女孩子有染，我们的婚姻笼上了一层阴霾。就在这个时候，我的初恋同学回来了。在一次同学聚会中，我们见面了。他没有结婚，他之所以费尽千辛万苦调回来，就是因为我。我被感动了。不久，我就离婚了，和他走到了一起，并有了姗姗。他工作出色，深受领导喜爱。去年，为响应上级号召支援新疆，县政府组织人去新疆摘棉花，因为他对新疆熟悉，就主动请缨带队。棉花采摘完了，他们一起去喀纳斯湖游玩。不幸的是，为救一个不慎落水的人，他献出了生命……"

说着说着，王洁就低声哭泣起来。哭是因为痛苦，但最痛苦的是找不到哭诉的对象，有时候能哭出来其实也是一种幸福。我不禁问她："这次来新疆不是为了旅游？"

"每天姗姗都会问我爸爸为什么不回家。我没敢告诉她实情，我对她说爸爸是去支援新疆建设了，她哭闹着要来看看爸爸。因此，我就带着女儿到他牺牲的地方看看他……他人虽不在了，但他的魂在这里……"

说着说着，她又哽咽起来。此刻，我竟不知道用什么语言来安慰她。好半天，我才想起列夫·托尔斯泰的一句话："幸福的家庭都是相似的，不幸的家庭各有各的不幸。"但我却没有说出口。

我轻轻抚了抚她的肩膀说："前行的路，充满了曲折，我们只能坚定地走下去，而不是回头反复查看自己的脚印。"

王洁深情地看着我，轻声说："和你说了心事后，心里感觉好多了。谢谢！"

我们都忘记了时间，不知道什么时候回到的宾馆。

五

第二天天还未亮，房间的电话突然响了起来，是胡导打来的，他让我们赶紧起床到大堂集合，准备赶赴喀纳斯湖景区。

我和张书记洗漱完毕后，拿上行李便出了房间。我又去敲了敲了王洁的门。王洁回应道："是李哥吗？好了，这就出门。"

我们来到大堂后，其他人也陆续下来了。酒店配有早点：每人两个包子和一杯豆浆。

胡导清点了一下人数，立即招呼大家上车。让我奇怪的是，一路上风趣幽默的胡导，今天冷冷的，一句多余的话也没有，而且眼睛红红的。

车发动了，但我发现一号家庭的刘进财、赵大伟和二号家庭的小乔、欧阳都没在车上。我想，他们可能有事，在其他地方等着吧。车出了乌鲁木齐市区，一路北上，我忍不住提醒胡导："一号家庭和二号家庭给落下了。"

胡导面无表情地说："是的，落下了。"

我对胡导有些不满："我们是一个团队，不能因为他们有错就抛下不管啊。"

胡导迟疑了一下说："昨天晚上，刘进财、赵大伟被人打成了重伤，不能来了。"

听了胡导的话，大家都非常吃惊。胡导接着说："刘进财

　　　　　　　　　　　旅途愉快

被打掉两颗门牙，赵大伟被打断了两根肋骨。刘进财、赵大伟一口咬定是小乔和欧阳干的，小乔和欧阳被警察叫到了派出所，我也被叫去了。在派出所里折腾了一夜，小乔和欧阳拒不承认，派出所便将她们俩留下来，接受调查。"胡导讲完，很多人说刘进财、赵大伟是罪有应得，同时也为小乔和欧阳担心。

这之后，车内再也没有人说话，气氛很压抑。不知不觉间，我们已经进入戈壁滩深处，车内的气氛依然冷冷的。

为了打破这一局面，胡导幽默地说道："不到广州不知道钱少，不到北京不知道官小。要我说，不到新疆不知道祖国的辽阔，不知道这里的牛有多好：它们吃的是中草药，喝的是山泉水，排出的是六味地黄丸，挤出的是太太口服液……"

大家虽然感到好笑，却没有一个人笑出来。车内一时又陷入了沉静，只有邓维亮、项举两家人，时不时地发出"哦""呀"的惊叹声。

胡导又让没有表演过节目的家庭接着表演，可没有一个家庭表演。胡导又问："大家知道新疆的八大怪吗？"

没人回答。

胡导只好自己说道："神秘湖里出妖怪，风吹石头砸脑袋，男人爱把花帽戴，鬼哭狼嚎谁作怪，骆驼比马跑得快，条条井水连起来，春夏秋冬一天来，鞭子底下谈恋爱。"

依然没有人回应。

胡导接着说："我们每天都会与厨具打交道，其实厨具也能告诉我们的一些道理，大家知道吗？"

大家依然望着他不说话。

胡导声情并茂地说："锅说，没有痛苦的煎熬，哪有沸腾的生活？碗说，若不首先充实自己，怎会有营养供给别人？擀面杖说，尽管其他方面一窍不通，可我也有自己的一技之长。筷子说，一生正直无私，乐意为别人尝尽甜酸苦辣。"

"呵呵……"张书记忽然笑起来，"胡导一点也不胡搞呀。"

大家见张书记说话了，也都不再沉默。有的问为什么这里的牛吃的是中草药，有的问戈壁上那一墩一墩的是什么草。

胡导终于松了一口气，他说："戈壁滩是天然的牧场，这里的草富含矿物质，很多都是中草药，水是天山上的雪水，富含微量元素，所以，其他地方的牛肉都没有新疆的好吃。戈壁滩上有一种草，耐旱，叶上带刺，只有骆驼吃它，所以叫骆驼刺草。"

跟随胡导的话，我望向窗外，心中感慨良多：这里不像内地那样花草树木繁多，也没有怡人的风光，但它却自有一种磅礴的气势。这里柏油路很宽，像一条黑色的带子，而我们就在这条带子上飘着。这里很荒凉，大家每看到一片绿地、一棵树，都会惊喜地大喊：那里有一片绿地！那里有一棵树！

当穿越克拉玛依大油田时，大家的心情格外激动。绵延数百里，到处都是输油管道，到处都是油井和采油机。胡导让司机打开车载电视，放起了《克拉玛依之歌》。邓维亮、项举高声说："年轻时我们都会唱这首歌，现在才知道克拉玛依原来在这里。这次旅游真值。"

下午五点多，我们到了布尔津县。布尔津县因布尔津河而得名。由于坐了十多个小时的车，大家都累了，于是就提议在这里休息。而且按旅程安排，我们明天才去参观五彩滩。但王洁却要求今天就去五彩滩，很急切的样子。

五彩滩地处中国唯一注入北冰洋的额尔齐斯河北岸的一、二级阶梯上，距布尔津县城24公里，是前往喀纳斯湖景区的必经之路。五彩滩因岩石中含有不同的矿物质，幻化出种种异彩而得名。

来到五彩滩，我们都被这里的奇景吸引住了，只有王洁面色凝重。王洁的女儿姗姗十分高兴，一路上蹦上蹦下。不料，她一脚踏空，摔倒了。大家听到哭喊声急忙跑了过去，此时姗姗正坐在母亲的腿上，她的腿摔破了，血不断地流出来。因为这里离县城远，没有医院，也没有医生，王洁急得大哭起来。

正在大家手足无措的时候，五号家庭的两个女士说："别急别急，我们是医生，我们带的有药。"

只见她们迅速从包里掏出药和绷带，不一会儿就给姗姗包扎好了伤口。王洁连忙说："谢谢，太感谢你们了。要不是你们，我真不知道该怎么办……"

姗姗很懂事，止住了哭，说："妈妈，我不疼。谢谢阿姨。"

张书记走过去，抚摸着姗姗的头说："姗姗是个好孩子，要坚强啊！"

我走向前，从王女士手中接过姗姗，背在背上。王洁深情地望了我一眼，我安慰她说："不用担心，姗姗受的是皮外伤，已经包扎好了，没什么大问题了。"

晚上，我们住在一家小宾馆。晚饭还是我、张书记、邓维亮夫妇、项举夫妇和王洁母女一起吃。自那天后，我们几个人好像约好了似的，到了饭点，就会不约而同地走到一起吃。路上，邓维亮忽然说："是不是叫她们一起？"

我们都知道邓维亮口中的"她们"是谁，可是，谁都没说话，只得作罢。

第二天一大早，我们就出发了。两个小时后，我们到了喀纳斯湖。只见碧波万顷，群峰倒映。我们一行人坐船来湖中心，王洁忽然面朝湖水跪了下去，大哭道：

"亲爱的，我和姗姗来看你了……亲爱的，你好吗……"

大家都不知道发生了怎么，甚是惊诧。我走向前，想把王洁拉起来，但被张书拦住了，张书记说："让她哭吧，这样她会好一些。"

过了一会儿，王洁止住哭泣。她从包里掏出一包白花，撒进了湖中。

参观完喀纳斯湖，接下来我们还要去参观禾木、白哈巴等景点。可王洁却说要在这里多陪陪爱人，最后在张书记、邓维亮、项举都人的劝说下，王洁才随我们一起上了车。

路上，胡导一改过去的做法，他先让司机打开车载电视，然后播放了一首旋律优美的歌曲——《遇上你是我的缘》：

高山下的情歌

是这弯弯的河

我的心在那河水里游

蓝天下的相思

是这弯弯的路

我的梦都装在行囊中

一切的等待

不再是等待

我的一生

就选择了你

遇上你是我的缘

守望你是我的歌

亲爱的

亲爱的

亲爱的

我爱你

就像山里的雪莲花

…………

等这首歌唱完，胡导又来到王洁身边，说："禾木村是图瓦人的集中生活居住地，是仅存的三个图瓦人村落中最远和最大的村庄。禾木村的房子全是原木搭成的，充满了原始的味道。最出名的是万山红遍的醉人秋色，炊烟在秋色中冉冉升起，形成一条梦幻般的烟雾带，胜似仙境……"

经过大家的开导，王洁的情绪慢慢恢复过来。

三个多小时后，我们来到了禾木村。只见四面环山，山上松柏青翠，山下绿草如茵。牛羊徜徉于绿草间，牧民悠闲地哼着小曲，一座座简陋的木屋中升起缕缕炊烟。草地上四处可见羊粪、牛粪，不小心就会踩上。我们走到牛羊跟前，它们好像没有看到我们一样。这里没有喧嚣，没有匆忙的脚步……

邓维亮、项举来到五号家庭跟前，笑着说："这里景色好，多照几张，回去叫朋友们看看。"

五号家庭的两位女士也一改常态，朝他们笑笑说："也给你们照几张吧。"

张书记看着他们，笑了。

参观了禾木村落，我们跨过禾木河，奔向成吉思汗的点将台。

张书记看到王洁一直走在后面，就对我说："她心情不好，还带着孩子，你多陪陪她。"

我来到王洁母女身边，像个导游似的说："这禾木村虽然不大，人口不多，可'宾馆'还不少，你们看：驴友驿站、禾畔居、蓝天度假山庄……名字起得真洋气。"

经我这么一说，王洁忍不住笑了。我又说："这里的厕所也是用原木搭建的，外面看着到处是牛粪，里面的设施却非常现代，也很干净。张书记还调侃说：'在禾木，厕所比外面干净。'"

王洁笑道："还真是这样。"

离开禾木村时，王洁忽然说："大家这么关心我，我不能再影响了大家的好心情。"说着，不好意思地朝我笑了笑。

看到王洁露出了笑容，大家也跟着高兴起来了。接下来，我们要去白哈巴村。它处在不折不扣的祖国版图的鸡尾巴之上，号称中国西北第一村。邓维亮笑着说："张书记，我们这一回要到鸡尾巴尖上了呀。"

张书记取笑他说："你可别一高兴就飞到国外，不要嫂子了？"

邓维亮自豪地说："您这一提醒，我还真想到国外看看。"

大家听了，都笑起来。等大家笑够了，胡导指着草地说："这里的草地不可以坐，因为草地里长有一种蝎子草，人一坐上去就会屁股刺痒。曾有一位漂亮的女游客因为不知道，就坐在草地上拍照，等站起来时，臀部奇痒难忍，便不停地又挠又拍，尴尬极了。"

大家又是一阵笑。

不知不觉间我们到了边防检查站，车停了下来。我第一次到国界边，忍不住透过车窗向外看。胡导说："请大家准备好证件。边防检查是极其严格的，过去曾有旅客持假军官证被查出，结果被拘留了。"说完，他又专门来到五号家庭的两位女士身边，说："你们的军官证，没问题吧？"

两位女士看了胡导一眼，说："没问题。"

胡导拿着证件下车去了检查站。不一会儿，车上上来两名军人，拿着五号家庭的证件问道："你们是哪个部队的？"

　　她们流利地做了回答。

　　军人又问："你们部队的番号？"

　　穿浅蓝色衣服的女士迟疑了一下说："上面写的有呀。"

　　军人又问："哪一年参的军？"

　　穿浅蓝色衣服的女士说："记不清了。"

　　军人又问："你们首长叫什么？"

　　她们答不上来了。

　　两名军人面色冷峻地说："请随我们下车。"

　　不一会儿，我们的车就被放行了，可是，五号家庭的两位女士却没有上来。我问胡导："她们呢？"

　　胡导叹口气说："拘留了。"

　　大家纷纷议论起来。项举叹了口气，说："不该，不该这样……"

　　许久，张书记感慨地说："人啊，爱和自爱，一个也不能少啊。"

　　接下来，车内的气氛又变得压抑起来，胡导也不再讲笑话了。

　　在接近边境时，胡导指着一座老军营说："没有国家的富强，就没有我们的幸福。每次带团来到这里，我们都会一起唱国歌，今天我们也一起来唱国歌，好吗？"

　　大家齐声高唱，每个人的眼里都盈着泪花……

　　　　　　　　　　　　　　　　　　　旅途愉快

车继续往前走，路边出现一块石碑，上书：西北第一村——白哈巴。车在石碑旁停下，大家纷纷下车，奔向白哈巴。这是一个少数民族村庄，全村300多人，始终保持着古朴淳厚的民风。村子位于一条沟谷中，一条小溪弯弯曲曲地流过村庄，村前村后栽着松柏、白桦、白杨木。胡导说："再过十来天，经过一场风，这里就会变成一个五彩斑斓的世界。"

我们到了一片树林，胡导说："这里的松柏和白桦树相伴而生，象征着爱情。人们来到这里会把心上人的名字刻在白桦树上，然后打电话告诉心爱的人，以此作为纪念。"我不出问："在树上刻字，不会损坏树木？"

胡导说："来这里的人很少，对树构不成威胁。"

大家听了，都去选择合适的白桦树，在上面刻上自己心上人的名字。邓维亮呆呆地看着大家，忽然上前抱住老伴。他老伴忙推搡他："你干啥？"

邓维亮说："我不识字，只能在这里抱抱你。"

他老伴的眼里盈满了泪花。我忍不住笑道："老邓啊，你也很浪漫呀。"

邓维亮开心地笑了。项举没有拥抱老伴，而是拨通了儿子的电话："儿子，我和你妈到了白巴哈，这里太漂亮了……"

这时，张书记也在树上刻起字来。原来张书记也有秘密呀！于是，我悄悄走到他的身后。不料，他忽然转过身来："看什么看？就兴你们年轻人浪漫？"

我笑着说："您刻吧，我不会给阿姨说的。"

张书记正色说："看吧，我可不怕你说。我虽然退休了，可我的心没有退。"

我走到树前，看了张书记刻的字后，眼里酸酸的，怎么也笑不出来。

王洁也刻了，但却没有打电话，因为她心爱的人已经不能接她的电话了。她来到我身边说："你能告诉我你的电话号码吗？"

我说："当然可以。"

我把我的电话号码告诉了她，她给我打来电话说："李哥，别人的人生是五彩的，为什么我的是黑白的呢？"

我说："你的人生虽不是五彩，但你人却是最美的。世界上没有两条相同的路，也没有两个相同的人。每个人都是独特的，因此才显得更加珍贵。"

她说："谢谢你，李哥！认识你我很高兴。"

我说："我也是。"

她问："知道我为什么给你打电话吗？"

我问："知道我为什么接你的电话吗？"

我们默默地对视着，许久没有说一句话。

这时，邓维亮笑眯眯地来到我跟前问："张书记刻的是谁的名字？"

我说："你想知道？"

邓维亮诡秘地笑笑："谁没有秘密呀，你还怕我给别人说？"

我说："老百姓。"

邓维亮没有笑，转身走到张书记跟前，说："张书记，晚上我请您喝酒。"

参观完白巴哈，我们乘车前往另一处景点——生后三千年不死、死后三千年不倒、倒后三千年不朽的胡杨林。

胡导临窗而坐，他刚抄起麦克风，忽然，山上落下来一块石头。石头砸破车窗，又撞上了胡导的头。胡导当即晕了过去。

大家一边呼叫，一边施救。很久，胡导才苏醒过来。睁开眼来，胡导望着大家焦急的目光，忍着疼痛，断断续续地说：

"这个家庭来之不易，大家要相互尊重和关照……人这一生就像一次旅行，难免磕磕绊绊，但每走一段都有好风景……珍惜自己，忘掉不快，开心一点……祝大家旅途愉快！"

2013年10月

天边那朵雨做的云

一

肖玉从卧室里出来，刚到饭桌前坐下拿起筷子，手机响了。

今天魏伟没上班，他先是到集市上转了半天，又在厨房里忙了半天，才做出这顿在他看来非常丰盛的饭：一盘清蒸鱼，一盘葱爆羊肉，另有油炸花生米、乌江榨菜两碟小菜，还有一瓶红酒。看她坐下拿起筷子，他也拿起筷子，并准备来"祝饭词"。但没想到他还没开口，肖玉的手机先开了口。他拿筷子的手停在半空中，他想等她接了电话后再发表"祝饭词"。没想到，肖玉看了手机上的号码，神情显得有些紧张，白白的脸盘上盈满了红晕，苗条的身材也扭曲起来。她站起身想到一边去接听，可屋子里就她和魏伟两个人，那样的话，就等于怕他听见，他一定会怀疑这个电话有问题，或者说她有什么不可告人的秘密。她硬着头皮没走，脑子里快速地思

　　　　　　　　　　　　　　　　旅途愉快

考着如何向魏伟解释。她没敢看魏伟，她想让魏伟说："正吃饭呢，谁的电话也不接。"可魏伟却说：

"接呀，怎么不接？"

她哼哼啊啊地应着，按下接听键，把手机贴在了耳朵上。手机里响起一个男人的声音，很浑厚，也很清爽，带着磁性。她吓了一跳，手机声音怎么这么大。那个男人说；

"我是刘清泉啊……"

"刘老师呀。"

"你最近忙什么，怎么没了你的音信？"

"刘老师，你有什么事吗？我……我和魏伟刚拿起筷子，你看……"

"啊啊，也没什么急事。那你们吃饭，等有空了再说……"

肖玉挂断手机，有些不耐烦地说："这刘老师，没什么事打什么电话呀，真是的。"说着她就坐下来，又微笑着说，"这刘老师，人是不错，就是有点让人说不上来的味道。"她边给魏伟夹菜边说："吃，快吃，今天的饭菜一看就好吃。"

魏伟不仅没有吃她夹的菜，反而是放下了筷子，脸色也有些发暗。她装着没看见，甜甜地说："怎么了，刚才还好好的，一眨眼就……"

"你最近又和他联系了？"

肖玉接电话时就意识到会有一番口水战，她装作没事似的说："刚才你也听见了他在电话里说的话，可以证明我没和他联系过。话又说回来，他是我老师，我上学期间，他对我不错，给了我很大帮助，我也很尊重他，这有什么呢？你怎么一提他就……好像我们有什么似的……"

"'我和魏伟刚拿起筷子'，是什么意思？你这不是明摆着告诉他，你和我在一起，说话不方便吗？"

肖玉脸色变了："你这话是什么意思？你说我该怎么说？关于我和刘老师的事，你问过多少次了，我们是师生关系，本来很正常的，经你这一说，好像……你叫我怎么说呢？我……"

"哈哈，看来都是我的错。"

"我没说你有错，可我有什么错？"

"你为什么有那么多男人的电话？在男人中，我不是瘪三吧？我也是很多女生的偶像，你见我有多少女人的电话？"

"你说这话像个男人吗？现在都什么时代了，有电话怎么了？电话多就是有问题？"

"哈哈，你的意思是我封建不开化？"

肖玉眼里噙满了泪水，离开饭桌，一甩袖子走进了卧室，"砰"地关上了门……

这种因电话带来的不愉快已经发生很多次了，只是不像这次这么严重。魏伟爱她，她也爱魏伟。每次都是魏伟最后做出让步，她也不失时机地投以笑脸。过去魏伟只是表现得不高兴，言辞没有这么激烈。他这次之所以这样，是因为几天前肖玉的手机"丢失"。那天上午，肖玉和魏伟正聊着天，忽然手机找不到了。肖玉问魏伟是不是给她藏起来了，因为魏伟时常注意她的电话和信息，有几次她来信息了，他虽没有要求看，但他的目光在提示她，让她说出信息的内容。他有时还会站在她的身后，或者是站在她的旁边，用眼角的余光偷看信息的内容。魏伟说："我们一直在一起，怎么有机会去藏你的手机？我怎么可能藏你的手机？"她讨好地说："你爱逗我，爱和我开玩笑，所以我才这样问。"魏伟说："你这样说我很高兴，但是，我确实没有藏你的手机。"说着，魏伟还用自己的手机拨打了她的手机。她的手机是通着的，但他们附近没有手机铃声，卧室里也没有。魏伟问她回家前去了哪里？她说什么地方也没去，就在店里。她没有跟他说实话，她去了一个朋友家，那个朋友是男的，是她的蓝颜知己。本来说出来也没什么，但她怕他小心眼。是不是忘在他家了？可是，怎么也想不起来是怎么忘在他家的，因此她一直心里说没那个可能。魏伟说："是不是被小偷偷走了？"她说："可能性很大。"

让他们意想不到的是，手机既没有忘在朋友家，也没有被小偷偷走，而是被他们家的小狗给叼到了狗窝里。他们养了一只小白狗，纯白的，谁见谁爱，他们给它取名叫"贝贝"。他们两个坐在阳台上聊天时，她把手机放在了小凳子上。她的手机套着红色的外套。他们逗了一会儿贝贝，就没再理它，只顾说他们的话。因此，贝贝把她手机叼走时，他们并没注意。后来魏伟找贝贝时发现了她的手机，并看到了手机里的一条信息："如果一滴水代表一份牵挂，我送你整个东海；如果一颗星代表一份思念，我送你一条银河；如果一勺蜂蜜代表一份祝福，我送你一个马蜂窝。"这条信息的前面还有一条："聚江南塞北之春光，送你一份吉祥；揽天涯海角之春风，送你一份舒畅；接雪白梅红之春韵，送你一份健康；采湖绿江蓝之春水，送你一份顺意。"发信息的是同一个人——刘清泉。魏伟问："发信息的人是谁？"肖玉说："大学时的老师。"魏伟说："是个年轻老师吧？"肖玉说："是的。"魏伟很不高兴地说："一看就知道，多么缠绵啊。"肖玉没有当回事，她说："你这是什么话呀？这些话都不知道有多少人转发了，过个节什么的，相互祝福一下。什么多么缠绵啊，无聊。"肖玉说他无聊，并没有其他意思。然而，在魏伟心里却刻下了一道印记。此后，魏伟便开始留意起肖玉的电话和信息来。

一顿精心准备的午餐因为一个电话闹得没有吃好，两个人的肚子都气鼓鼓的。魏伟呆坐在饭桌前好半天，一肚子的火却发不出来。他思虑再三，站起身离开餐桌。他轻轻推开卧室的门，低声说：

"饭快凉了，起来吃饭吧。"

肖玉半躺在床上，面朝里一动不动。

"饭快凉了，起来吃饭吧。"魏伟重复了一遍。

肖玉仍然一动不动。

"有啥话吃了饭再说，好不好？"

肖玉转过身望着他，说："说什么？要说现在就说，已经这样多少次了？我实在是受不了了。"

"你就不理解我。我这样做都是因为我太在乎你了，太爱你了。"

"你就是这样爱我的？一来电话，你就像审贼似的：谁的？男的女的？女的就没事，男的就要问叫什么，怎么认识的，他是干什么的。我到外面散步，你也打电话问位置，是我自己还是和别人在一起，和谁在一起。一刻不见我你就给我打电话，说一些无关疼痒的事。其实你什么事也没有，你是在监督我。如果我的电话占线，你就恼火，问在和谁通电话……"

"我想看到你，想和你说话，不是爱你吗？"

"你这样的爱，我接受不了。你不是爱我，你这是在折磨我。你怎么变得如此迂腐？你每天就知道看书、工作，不和任何人交往，清高自傲。你不仅把自己禁锢起来，也把别人禁锢起来。一切都得按你的意志办，不然就……想当年我们恋爱的时候，你多么有激情，多么浪漫，多么大度，现在怎么变得小肚鸡肠起来，没有一点儿男人味？"

魏伟脸上笼罩着一层乌云："原来我在你眼中一无是处，没有一点儿男人味。怪不得你这样讨厌我，怪不得你有那么多男人的电话！"

"你……"肖玉脸色一会儿青，一会儿白。

肖玉不再说话，她感到很累，身体累，心也累。她脑子里一片空白，一会儿，又像弥漫了一团雾，雾很浓，浓得可以抓一把团成团。

不知道什么时候，她恍恍惚惚地走出了家门。

二

已是初秋，微风习习地吹着。空气像滤过似的，很清新，很干净。白白的、薄薄的云浮在空中，慢慢地游动，无声无息。知了爬上高高的枝头，不知疲倦地唱着同一首歌。整个世界暖暖的，很是惬意。可是，这一切反而给肖玉增添了说不清的烦恼：微风把她的鬓发吹到眼睛和嘴唇上，毛毛虫一样折磨着她。那天空也太干净了，一览无余，这时若是有大雾该多好啊，世界一片混沌，谁也看不到谁，她不想看到谁，也不希望谁看到她。知了啊，天天就喝一点露水，哪来那么多的力气？累不累呀？她很想大喝一声，制止那无休无止的歌唱。可是，她感觉没有一丝力气……

不知走了多久，似乎有一种力量在驱使着她，她回头望了一眼。她原以为已经离家很远很远，但当她回过头时才发现并没有走多远。他们家在阳光花园六号楼六单元六号，全是六，六六大顺。他们这么年轻就有了一套属于自己的房子，而且孩子也已四岁。这一切都令人羡慕，不少人拿他们做榜样，可……蓦然间，她的眼里又盈满了泪水，她想起他们恋爱的时候……

2004年初秋，天气也像今天这样。大学毕业后，她回到了老家新安镇，被分配到镇医院工作。

新安镇是有名的古镇、名镇，刚毕业的大学生，除留在县城外，最理想的去处就是这里。她毕业那一年，县里规定：刚毕业的大学生一律下基层。她被分配到新安镇医院工作，让很多同学羡慕。她也非常高兴。她爱说爱笑，爱唱爱跳，像一只快乐的小鸟在医院里飞来飞去，没有人不喜欢她，她很快就有了"快乐鸟"的雅号。

和她同时分配来的还有三个大学生，其中就有魏伟。魏伟长得眉目清秀，文质彬彬，虽然不善言辞，但对工作认真负责，很讨女孩子喜欢。医院中许多女孩子喜欢他，主动去追求他。她虽对他有好感，但她不像其他女孩子那样故意去接近他，往往还对他视而不见。她不想过早地置身于爱情的旋涡中，她想学习更多的医学知识，做一个名医。

医院里的医生护士，大都在医院食堂吃饭，而他们两个居然都不喜欢食堂里的早餐，他们都喜欢镇上的一家炖肉胡辣汤。他们虽不是一起去，但由于是同事，他们总是坐一张桌子。一来二去，两个人的话就多了，感情也拉近了。回医院时，他们便会相伴而行。一开始，他们还保持一定距离，慢慢地距离就缩小了，肩膀也不自觉地靠近了。

医院附近有一条小河，河两岸栽着垂柳和桃树，流水潺潺，清澈见底。转眼间春天到了，柳树绿了，桃花红了，他们相约河边，不是沿着羊肠小道漫步，就是下到水边捉鱼，更多的是吟咏古人的名诗佳句。肖玉吟贺知章的《咏柳》："碧玉妆成一树高，万条垂下绿丝绦。不知细叶谁裁出，二月春风似剪刀。"魏伟咏曾巩的《咏柳》："乱条犹未变初黄，倚得东风势便狂。解把飞花蒙日月，不知天地有清霜。"肖玉吟白居易的《大林寺桃花》："人间四月芳菲尽，山寺桃花始盛开。"魏伟咏李白的《赠汪伦》："桃花潭水深千尺，不及汪伦送我情。"肖玉吟贾至的《春思》："草色青青柳色黄，桃花历乱李花香。"魏伟咏崔护的《题都城南庄》："去年今日此门中，人面桃花相映红。人面不知何处去，桃花依旧笑春风。"

这天下午，他们正在河边漫步，天空中突然布满乌云。他们往回没走多远，大雨便劈头盖脸地砸下来。魏伟脱下外套，不由分说地盖在肖玉的头上，肖玉掀起一半盖在了魏伟的头上。就这样两个人贴在了一起，一瞬间，又紧紧地抱在了一起，两张嘴粘在了一起。雨有多大，他们不知道；"雨伞"落在了地上，他们也不知道。他们只听到对方的呼唤："肖玉，我爱你……""魏伟，我也爱你……"

不久，他们就结婚了。

他们结婚时，没有大摆宴席，而是旅行结婚。他们选择了去西藏，她说，那里虽空气稀薄，人烟稀少，但神奇神秘，是世界屋脊，那些山水秀美的地方很容易去，而西藏就不那么容易。她的意思是：结婚是人生中的一件大事，是人生的又一个起点，之所以选择去西藏，就是要让婚姻达到高度。不求第一，但求唯一。他们先从郑州机场乘飞机到成都，再从成都双流机场乘飞机到拉萨，他们都是第一次坐飞机，感觉很新鲜、很刺激。

当飞机到达西藏上空时，看着那洁白的云，那一尘不染的天空，她忍不住"哇"地大叫了一声。当大家都把目光投向她时，她才意识到这是在飞机上，忙用手捂住了嘴。他们到了布达拉宫、大昭寺、松赞干布出生地、米拉山口、泥羊河、扎什伦布寺、羊湖游览，他们跨越了雅鲁藏布江。在林芝，他们遇到一家到拉萨朝圣的信徒。在布达拉宫，她问导游能不能攀登珠穆朗玛峰。导游说："可以，但要先交三百万人民币。"她笑了，说："等我们有了钱再去吧。"

婚后不久，他们就双双辞职了，办起了私人诊所，后来又开了一个药店。由于肖玉的医术高，服务热情，诊所的生意特别好。又因为肖玉长得漂亮，不少人邀请她吃饭，有时还邀请她去恋歌房唱歌跳舞。肖玉认为在信息时代，要想把事情做好，必须扩大人际交往，吃饭唱歌跳舞是很正常的事。她没有想到的是，魏伟一开始就反对她这样做，后来更是找各种理由阻止她去，有时还要求和她一起去。尤其是当他知道她和其他男人在一起时，就更加不高兴了。他不断地给她打电话，问她在什么地方，让她赶紧回来。时间长了，次数多了，朋友们便取笑她，让她很尴尬。因为一些医学上的事，她经常给刘老师打电话，他知道了很不高兴。为了不被他误解，她便不再和刘老师联系。刘老师不知就里，不断给她打电话，问她为什么电话少了，是出了什么事吗？每当刘老师打来电话时，她都是背着魏伟接，或者不接。这样一来，他更加怀疑了："你为什么背着我接电话？谁的电话？为什么不能当着我的面接？"来了电话不接，他又问："谁来的电话？你怎么不敢接？你瞒着我是什么意思？"有时候他还拿过她的手机，给对方打过去，让对方说话，他听听是男是女。若是女的，他就说肖玉正忙着，手机没在身边；若是男的，他就会把对方盘问一番，或者训斥一通。为此，肖玉没少和他吵架。他们常常冷战，常常好多天不说一句话。当肖玉不理他的时候，他便又献殷勤。可过了一段，当又有男人打来电话，或者请肖玉吃饭，他便又"激情燃烧起来"。她常常夜里睡不着觉，胸口发闷，精神疲惫……为了这个家，她脸上不得不挂着笑，但笑比哭还难看。一次次，她对他失去了信心和耐心……

　　一群小学生从她面前走过，打断了她的思绪。她忽然想到刘老师这个时候给她打电话，一定有什么事，遂掏出手机给刘老师拨了过去。刘老师的电话彩铃很好听，是歌曲《知音》，她特别喜欢：

　　　　山青青

　　　　水碧碧

　　　　高山流水韵依依

　　　　一声声如泣如诉

　　　　如悲啼

　　　　叹的是

　　　　人生难得一知己

　　　　千古知音最难觅

山青青

水碧碧

高山流水韵依依

一声声如颂如歌

如赞礼

赞的是

将军拔剑南天起

我愿做长风绕战旗

　　这首歌的旋律有些凄婉，每每听到她都要闭上眼睛。以往歌没唱完，耳边就会响起刘老师那洪亮的声音。可这次，整首歌都唱完了，依然没有听到刘老师的声音，最终手机里传来一个女人的声音："你所拨打的电话暂时无人接听。"肖玉的心一下子掉进冰窟窿，正当她忐忑不安时，手机响了，是刘老师打来的。她急忙按下了接听键：

　　"刘老师……"

　　"是小肖吧……"

　　"我是肖玉，刘老师，你怎么不接我电话……"她的嗓子有些哑。

　　"怎么不接？这不是在接？"

　　"是你又打过来的。"

　　"我正和朋友吃饭，一放下酒杯就给你打过去了。这样更好，不然，我接是长途，你打也是长途。我给你打过去，你就省了话费。哈哈……"

"您不在中原市？"

"不在，被一家医院请来讲课。"

"那您在什么地方？"

"你猜猜。"

"我怎么能猜到呀？"

"不是不能猜到，是你就没猜。我就在你们县人民医院。"

"你不是在开玩笑吧？"肖玉有些激动。

"没有开玩笑。我刚给你打电话，一是让你一块儿吃个饭，二是让你来听课。只是没想到你们正在吃饭……"

"你什么时候方便？我去看望您。"

"一个小时后，你来县医院……"

"好，我现在就过去。"

肖玉挂断电话，忙向县医院走去。

县医院距离她现在的位置，步行只要半个小时。因为时间宽裕，她慢慢地走着，心里说：待会儿见到老师，不能表现出一副愁眉苦脸的样子，那多不不礼貌啊。

刚走到县医院门口，她的手机响了，是刘老师打来的："小肖，你直接到接待室来，我在那里等你。你知道接待室吗？"

肖玉高兴地说："县医院我很熟悉，我两分钟后就到。"

肖玉不知道，魏伟一直在远远地跟着她。在她走进县医院大门的时候，他也来到了县医院大门外。

肖玉来到接待室门口，恰好刘老师出门迎接。肖玉激动

旅途愉快

地握住刘老师的手说：

"刘老师，您好！好多年没见面了，没想到您会突然来这里。"

"意外吧？哈哈。"

"意外，确实意外。"

刘清泉瘦瘦的，眼窝很深，脸上带着笑。肖玉认真打量他一番说："刘老师变化不大呀。"

刘清泉哈哈一笑说："不可能，自然规律是不可违背的。"

走进接待室，刘清泉一边让座，一边指着茶几上的茶水说：

"茶已经给你泡好了。"

肖玉笑着说："刘老师，又是苦丁茶呀？我不喝茶，喝白开水。"

"苦丁茶喝着苦，后味甜。别小看喝茶，大有学问。你要学会喝茶，还要学会品茶。"

肖玉知道刘老师的品性，好为人师，于是故意说："喝茶就是喝茶，会有什么学问？"

"不懂了不是？唐朝著名学者陆羽认为，茶作为饮品，最宜精行俭德。陆羽是个孤儿，被智积禅师抚养长大。陆羽虽身在庙中，却不愿诵经念佛，而是喜欢吟读诗书。陆羽执意下山求学，遭到智积禅师的反对。智积禅师给陆羽出了个难题，什么时候学会冲茶，什么时候才能下山。在钻研茶艺的过程中，陆羽碰到了一位老婆婆，不仅学会了冲茶技艺，更学会了做人的道理。最终陆羽将一杯苦丁茶端到禅师面前，禅师答应了他下山求学的请求。后来，陆羽撰写了一部《茶经》，把中国的茶文化发扬光大！之所以让你喝苦丁茶，意在让你不要放松学习，取得更大的成就。"

肖玉激动地说："谢谢老师您的勉励。您真是博学啊，什么都能讲出至深的道理来。"

"唐代诗僧皎然在《饮茶歌诮崔石使君》中写道：'一饮涤昏寐，情思爽朗满天地；再饮清我神，忽如飞雨洒轻尘；三饮便得道，何须苦心破烦恼。'喝茶的好处多着呢。"

"真是听君一席话，胜读十年书啊！"

"哈哈，不说茶了，说说你吧。怎么样，一切都好吧？"

"好，一切都好……"肖玉很想说说心中的苦恼，但想想还是打住了。

"那就好。你知道老师我最喜欢什么吗？"

"最喜欢什么？"

"最喜欢自己的学生有成就。"

肖玉有些脸红，说："我有负老师的期望，没什么成就啊。"

"怎么没成就啊？你们夫妻二人办了诊所，开了药店，置了新房，还有了爱情的结晶。事业有成，家庭幸福，这就很好嘛。"

"刘老师，不说我们了，说说您吧。"

"哈哈……"刘清泉爽朗一笑说，"我没什么好说的，老样子，无非是做好本职工作，参加了一些社会活动，脸上多

　　　　　　　　旅途愉快

了些皱纹。"

"皱纹？我可没看见，您依然还是那么年轻潇洒……"

"小肖啊，你又取笑老师了，哈哈……"

停了片刻，肖玉有些羞涩地问："刘老师，您还没成家？"

"依然天马行空，独来独往。"

"为什么？"

"这个不能告诉你，这是我的隐私，哈哈……"

"凭您的才华，我敢断言，粉丝一定不少。"

"哪有什么粉丝，倒是从我手里落下不少粉末。"

"刘老师，您还是这么幽默。"不知为什么，笑过之后，肖玉的神情突然变得有些黯然。

虽然这只是一瞬间，可刘清泉还是看出来了，他收起笑容，说："肖玉，你是不是有什么不开心的事？"

"没、没有啊……"肖玉掩饰地笑笑。

刘清泉没有再笑，说："不要瞒我了，老师会不了解自己的学生？你的一切都在脸上写着呢。能不能说说，看看老师有没有可以帮到你的地方？"

肖玉避开这个话题，说："刘老师，有些话我只能对您说。我认为您能理解我，您是我最敬重的人。"

"小肖，到底出了什么事？"

"我和魏伟的感情出现了危机。"

其实，刘清泉早已意识到了，但听到肖玉说出来，他还是感到有些意外："小肖，不会吧？"

"是真的。"

"你们不是一直都好好的吗，怎么会出现这种情况？"

"我们的结合，周围的人都说是'天仙配'。可婚后他的变化太大了，他变得自私，变得心胸狭窄，变得让人难以忍受。每次争吵过后，他都表现得很后悔，都说要改过，但过不了多久就会原形毕露。"

"你是不是哪里做得不对？"

肖玉脸微微一红，说："我承认他是爱我的，但是，什么是爱？婚前我认为是花前月下、两情相悦，婚后我认为是相互尊重。我没有对不起他的地方，他却不相信我。与其这样猜疑，不如分手，长痛不如短痛……唉，不说这些了，这么久没见到老师您了，应该讲些高兴的事才是。"

刘清泉半天无话，站起身在接待室踱着步，他突然停下来说："两个人从相识到恋爱，虽然有了一定的了解，但那往往是浮浅的，或者说都是把自己最能取悦对方的一面表现给对方看。因此，走到一起后，必然要经过一个磨合期，争吵是难免的，一定不可轻言分手。"

肖玉笑笑说："这些道理我也知道，也曾这样安慰过自己。可是，在生活中，理论往往是灰色的。我们争吵不是因为……"

"哈哈……"刘清泉忽然笑了，"难道还涉及国家大事？"

"虽然不是国家大事，但却是家庭大事。"

"有人说过：爱情是一个磁场，而不是一个绳子，捆住他，不如吸引他。一根绳子会让男人有挣脱的欲望，而一个磁场却能给男人自由的遐想和一个永恒的诱惑。还有人说：爱情就像攥在手里的沙子，攥得越紧，流失得越快！家庭不是政治，要求一方必须服从另一方，而是要讲究和谐。"

肖玉说："刘老师，不是我像根绳子，而是他像根绳子。他不是我手里的沙子，我才是他手里的沙子。现在是我必须服从他……"

刘清泉本想好好劝劝她，不想却事与愿违。他急忙说："我那样说不是专指哪一方。夫妻之间，要允许一方犯错误，也要允许他改正错误。"

肖玉直直地望着刘清泉说："刘老师，你是真的不准备结婚，还是在等某个人？"

刘清泉浅浅地一笑，说："你都没说对，我不是不准备结婚，也不是在等某个人。过去是因为我不能对我爱的人表达爱，现在是因为她已成了家，我不能去爱，我只能在心里祝福她幸福……"

"刘老师……"肖玉忽然掩面痛哭起来。

三

肖玉回到家，便蒙头大睡起来。

两个小时后，她醒来发现手机上有一条未读信息，打开一看，发现是一个陌生号码发来的："我太爱你，太想你了，可是又不敢给你打电话，怕给你添麻烦。我在新乐大酒店登记了房间，房间号是303，晚上七点等你，勿回。"肖玉有些疑惑：是不是发错了？这是常有的事。如果不是发错了，他又是谁，怎么给我发这样的信息。慎重起见，肖玉回信息，问："你是谁？"对方很快回过来："告诉你不要回，怎么又回了？我等你。"

她想：会不会是刘老师的信息？可他从来没发过这样的信息呀？但什么事都有意外，万一真的是刘老师呢？万一是他，我若不去，那该多不好啊！再说了，县医院请他来讲课，肯定会安排最好的酒店。新乐大酒店，那可是全县最好的酒店，他肯定就住在那里。于是，肖玉没顾得吃晚饭就去了新乐大酒店。

这是一家四星级酒店，地处县城中心，面对繁华的商业街，交通、购物十分方便。因为是在三楼，肖玉没有乘电梯，而是走楼梯。她来到303号房门前，敲了敲门。门开了，从里面走出了一个她并不认识的人，问：

"你找谁？"

她说："一个小时前有人给我发信息说，七点在这个房间等我。"

"可能是发错了，我已在这里住了两天，没发什么信息。"

她意识到是别人发错了，急忙下了楼。

来到酒店大厅，肖玉忽然看到魏伟正站在大厅内的一根柱子旁。她走过去，问："你怎么在这里？"

魏伟轻蔑地一笑："你怎么在这里？"

旅途愉快

"我……"她一时语塞，"是有人发错了信息。"

"很遗憾，是吗？"

"你什么意思？"

"没什么意思。是不是没发错的机会很多？"

"你……"肖玉恼羞成怒，却又无言以对。她狠狠地盯着魏伟的眼睛，突然她掏出手机，按那个号拨了出去。这时，魏伟口袋里传出手机响声，他的脸唰地一下白了，头上冒出了汗珠子。他想走，可是已经来不及了。肖玉忽然明白了一切，她一个箭步上去，照着魏伟脸上就是一耳光。因为太过用力，肖玉险些栽倒在地上。

原来，魏伟为了调查肖玉是否有情人，新办了一个手机号码。他本想发了信息就关掉手机，但由于当时太激动了，忘了关机。他没想到肖玉会来这招，更没想到肖玉会当众给他一耳光。

魏伟被打蒙了，也没有勇气还击。这一突发事件，引来了不少围观者，保安急忙过来制止。

肖玉不想再纠缠下去，愤然离开了酒店。

魏伟依然呆呆地站在那里。他们有过无数次争吵，但从没动过手，这一耳光，他没有一点思想准备。

他浑浑噩噩地回到家。他想，不论她怎么骂，怎么和他吵闹，他都不会反抗。他没想到，肖玉很平静，像没事人一样。他更没想到，第二天，肖玉一纸诉状，把他告到了法院。

不久，判决书下来了。

他们离婚了，离得很快。因为她太坚决，因为他们没有财产纠纷。

　　除了孩子，她什么都不要。魏伟什么都可以给，就是不给孩子。为了不和他继续纠缠下去，为了尽快离开他，她只带了几件衣服，独自一人离开了这个家。

　　肖玉回到了父母身边，她没想到父母会大发雷霆，他们说她做事太草率，婚姻是一辈子的事，怎么可以说离就离？怎么可以像小孩子玩过家家一样，不玩了就各回各家？他们说魏伟人很不错，怎么你就那么讨厌他？孩子才四岁，没有妈妈怎么可以？她解释了一遍又一遍，父母就是不理解。她不再继续解释下去，她说："我有我的追求。你们多保重，我会常回来看你们的。"说完，她就走了。

　　一路上，她的脑海里都回响着父母的话，回响着他们说的那个家。她不停地问自己：家是什么？我为什么要家？她记得有人这样说过：孩提时代，对家的直接体验是父母的怀抱，那无价的爱是任何物质无法替代的——这是一种血脉相通，骨肉相连的亲情呵护。家是生命的摇篮，是起步的扶手，是伤心失望时心里唯一拥有的温馨。家是一座永不打烊的旅馆，远行人总把家当作终点站！"孤灯然客梦，寒杵捣乡愁""独在异乡为异客，每逢佳节倍思亲""人言落日是天涯，望极天涯不见家"，游子对家的眷恋之情是何等的浓郁。家是一种氛围，一种感知，一种意境。欢乐时，家能激励你奋斗；忧伤时，家能给予你安慰；困乏时，家能带给你力量与勇气……然而，肖玉却认为：家首先是精神的家，如果家已成为精神的地狱，我为什么还要留恋它，为什么还要这个家？

她之所以离开父母家，就是不想给他们增加精神负担，她要自己承受这一切。

几天后，肖玉租了一套两居室的房子，虽然位置偏僻一些，但价格便宜，环境安静。让她没想到的是，这套房子的主人竟然是新安镇的副镇长钱复。签租房协议的时候，钱副镇长的老婆说："钱复现在已不是副镇长了，是县东方集团的部门副经理。

开始的几天，她感到一种从没有过的轻松自在，想吃就吃，想睡就睡，想出去就出去，无拘无束，多年的压抑感也都烟消云散。

但是，半个月后，她又陷入了另一种痛苦中：以前，她不是在诊所里为病人看病，就是在药店里帮忙，而且孩子天天围绕着她叫个不停，尽管魏伟常常使她不愉快。现在她住的这个地方是新开发的小区，居住的人很少。她想父母了，尽管他们会骂她。她想儿子了，想念他的调皮，想念他叫妈妈的声音，想念他熟睡时嘴角挂着那甜甜的微笑……她无事可做，心里生出了落寞。

她很想找个人聊聊，可是，翻遍通信录，却找不到一个人。她想起刘老师，竟有些恨他：刘老师，我知道你喜欢我。可是，你从来不说，如果当初你说了，也许就不是今天这个样子了。她打开手机编了一条信息：刘老师，近来好吗？你是我最信任、最尊重的人，自上学到现在，你一直是我的偶像。
每次见到你，都有说不完的话。我和魏伟离婚了，我很想念你，
不知道什么时候才能见到你。我现在很无助，我需要你的支持。
信息写好了，却发送失败。她又发送了一次，结果还是失败。
她拨了过去，回答她的却是：你拨打的电话已停机。她一阵
心慌，泪水忍不住流了下来……

　　这天晚上，她怎么也睡不着，起身拿出 MP3。寂寞的时候，
她喜欢听歌。MP3 里正在播放《寂寞在唱歌》，她拿起笔，写
下内心的感受：

　　　　一个人的日子很舒服，舒服得有些失落

　　　　一个人的空间很自在，自在得有些无聊

　　　　一个人的生活很轻松，轻松得有些空旷

　　　　一个人的时候很自由，自由得有些无措

　　　　一个人的光阴很漫长，漫长得有些苦涩

　　　　一个人的铃声很悦耳，悦耳得有些缥缈

　　　　一个人的音乐很悠扬，悠扬得有些泪光

　　　　一个人的独舞很唯美，唯美得有些哀怨

　　　　一个人的文字很快乐，快乐得有些忧伤

　　　　一个人的夜晚很静谧，静谧得有些惊慌

　　　　一个人的故事很清晰，清晰得有些痛苦

　　　　一个人的渴望很执着，执着得有些迷茫

　　　　一个人的祈祷很虔诚，虔诚得有些忘我

一个人的要求很单一，单一得有些童真

一个人的天空很湛蓝，湛蓝得有些沧桑

一个人的牵挂很甜美，甜美得有些酸楚

一个人的惦念很沉醉，沉醉得有些无奈

一个人的相思很遥远，遥远得有些难舍

一个人的眷恋很痴情，痴情得有些心碎

一个人的爱情很浪漫，浪漫得有些凄凉

一个人的感情很清纯，清纯得有些傻气

一个人的表情很自然，自然得有些发呆

一个人的心情很复杂，复杂得有些惆怅

一个人的幸福很简单，简单得有些寂寞

一个人的世界很完美，完美得有些孤独

这天下午，就在她不知所措的时候，"嘭嘭嘭"，门外响起了敲门声："肖玉在家吗？"

她打开门一看，惊呆了："钱镇长，是你？你怎么来了？"

"哈哈，不要忘了，这可是我的家，我怎么不能来？"钱复嘿嘿一笑，就进了屋，"和你开玩笑呢，这里尽管是我的家，但你租了，使用权就是你的了，现在它就是你的家。"

许多天以来，难得有人和她说话，她笑着说："钱镇长还是爱开玩笑，我又不是傻子，能不知道钱镇长是在和我开玩笑？您这一解释，倒有点不像镇长了。"

"你说对了，我现在还真不是镇长了。"

钱复五十来岁，高高的个子，浓浓的眉毛，胖胖的，脸很黑。他说话时声音尖细，有点像女人，所以，大家就送他外号"钱夫人"。他工作干脆利落，敢于碰硬，不怕得罪人。2005年乡镇机构改革，他副镇长的职务没了，而且落了个"不称职"的名声。做副镇长时，他主抓农业，对农业生产很熟悉，最后到东方集团搞起了复合肥销售，由于成绩突出，很快就被提拔为片区副经理。

"钱镇长，最近很忙吧？"肖玉说。

"以后不要叫我镇长了，听着有一种耻辱感。"

"叫习惯了，不好改。"

"现在复合肥的销售形势非常好，我刚出差回来。一听说是你租了我的房子，便来看你了。

"谢谢你能来看我。"

"这是应该的。你在镇医院时多次给我看病，我更应该感谢你。"没等肖玉说话，他又说，"你的情况我也有所了解，听说你离开镇医院后，开起了诊所和药店，怎么突然租起房子来了？"

肖玉叹了口气，把自己的遭遇如实地讲了一遍。钱复安慰她："既然走到了这一步，那就安下心来一心干事业。你还不到三十岁，从头开始也不晚。如果不嫌弃，你来我们东方集团工作，我们一块搞销售。"

肖玉有些不安地说："我对销售不懂，怕做不好。"

"你很聪明，也很有能力，只要你真的想干，不懂我可以教你。等你熟悉了，局面打开了，一年挣个几十万跟玩儿一样。"

"真的？"肖玉有些不敢相信。

"当然是真的。不过，它不像医院的门诊室，风不刮雨不淋。干这个很辛苦，要四处跑，风里来雨里去、饥一顿饱一顿是常有的事。"

肖玉干脆地说："钱经理，我跟着你干。我这人生来就不怕吃苦，我相信我一定能干好。"

四

第二天，肖玉在钱经理的安排下，来到东方集团。

东方集团在县城的西面，距县城约2公里，占地面积达3000余亩。这里是总部，主要生产 PE（聚乙烯）管材、农用塑料薄膜和复合肥等。东方集团实力雄厚，还有几家分厂，分布在周边各县。

据钱经理介绍，东方集团仅复合肥厂就有工人近千名，业务员更是遍布全国各地。东方集团营销机构分为两级，营销中心下设销售部，有营销总监和销售部长各一名，下面是区域经理和副经理，再下面是业务员。他们这个片区的区域经理名叫姜云飞，他们习惯称呼他为姜总。姜总是东方集团有名的帅哥，身高一米八，不胖不瘦，高鼻梁，大眼睛，虽然仅高中学历，但他反应灵敏，幽默风趣，满肚子逸闻趣事。

凡是前来应聘的业务人员都要经过文化考试、面试、答辩三道程序。答辩时,姜总会亲到现场,判断应聘者的能力。

钱复鼓励肖玉说:"凭你的文化水平、口才和应变能力,肯定没问题,更何况又是一个大美女。"

肖玉不好意思地说:"钱经理,你怎么又开我玩笑?"

钱复笑着说:"这不是开玩笑,我说的是实话,在同等条件下,长得漂亮和不漂亮,办事效果就是不一样。前不久来了一位大客户,我们安排他住进了一家酒店。那里有位服务员长着大鼻子,长脸,干瘦干瘦的,不笑还好,一笑更难看。大鼻子服务员笑脸相迎:'请问先生需要什么服务?'客户一看,背过头说:'不需要。'不一会儿,大鼻子服务员又热情地说:'先生,需要热水吗?'客户看也不看她,说:'不需要。'大鼻子服务员又问:'空调效果还可以吧?'客户不耐烦了:'这里什么效果都好,就你的效果不好,你再也不要来了。'"

肖玉忍不住大笑起来:"结果呢?"

"结果?客户第二天就走人了。"

"那客户也有点太那个了吧。"

"现在,已不是吃不饱穿不暖的时代了。除了物质享受,人们还追求精神享受。何况爱美之心人皆有之!"

肖玉跟着钱经理来到姜云飞的办公室门口,听到有人正哈哈大笑。他们停下脚步,仔细听了听,原来是在讲笑话。

"还想听?想适应这个社会就要先了解这个社会,社会发展了,思想观念也要更新,不然,你就跟不上形势。比如,现在社会上流行的几句话：狠抓就是开会，管理就是收费，重视就是标语，落实就是动嘴，验收就是喝醉，检查就是宴会，研究就是扯皮，政绩就是神吹。"

有人问："还有什么？"

"多了。忙碌的公仆在包厢里，重要的工作在宴会里，工程的发包在暗箱里，该抓的工作在口号里，妥善的计划在抽屉里，应刹的歪风在通知里，宝贵的人才在悼词里，优质的商品在广告里，辉煌的数字在总结里……"

肖玉听了，抿着嘴笑。

钱复说："说话的人就是姜总。"

他们正要敲门进去，只听姜云飞又说道："看问题，角度不一样，性质就不一样；文化观念不一样，性质也不一样……"

钱复敲了敲门，里面立即有人说道："进来。"

"是老钱，钱夫人啊，哈哈。"姜云飞站起身，笑着握住钱复的手，"你一来肯定有好事，是不是要请大家喝酒啊？"

"今天不请喝酒，但是，有好事。今天，我给你带来一个人才，正规的大学生。"

"你不是吹吧？"

"我从来不吹。"钱复转身向门外喊道，"小肖，进来吧，认识一下姜总。"

肖玉面带微笑地走了进来，说："姜总经理好。"

姜云飞认真地打量了她一番，指着钱经理责怪地说："钱夫人啊，你怎么不诚实啊？话说一半留一半，不仅是才女，还是位美女呀。"

肖玉不好意思地说："谢谢姜总的夸奖。"

钱复忙说："招聘考试的时间定了吧？"

"后天。"姜云飞又看了一眼肖玉，对钱经理说，"你推荐的人还有什么说的？招聘那是程序，用不用还不是咱们说了算。"

钱复又和姜云飞他们闲扯了几句，便领着肖玉出来了。肖玉很高兴，对钱复连说"谢谢"。

业务培训结束后，在姜云飞的关照下，肖玉被分到了市场潜力大、容易出效益的片区。所谓的开辟市场就是到各个县寻找代理商，宣传产品。肖玉所属片区，有很多的老客户，只要一提姜云飞的名字，他们就说："我们是老关系了，姜总特别交代要和肖小姐配合好，你放心就是了。"

不仅如此，姜云飞还常常开车带着她去开拓市场。所以，不到半年时间肖玉就因业绩显著，被评为先进。

肖玉进入东方集团不久，就迎来了集团营销大会，台下几百人，台上十几人。集团董事长蒋威坐在主席台正中——这是肖玉第一次见到董事长。肖玉没见过这么大的会议场面，领导在上面慷慨激昂地讲话，她在下面认真地听。蓦然，她感到有人在看她，但她没在意，继续听领导讲话。

突然，口袋里传来轻微的振动。她掏出手机一看，是姜云飞发来的信息："你的样子很可爱。"

肖玉回复："谢谢姜总经理的夸奖。"

　　　　　　　　　　　　　　　旅途愉快

"哈哈，没必要那么认真。你没看见好多人都在笑吗？"

肖玉往周围看了看，确实有不少人在低着头笑。她不解，发信息问："他们为什么笑？"

信息很快来了："他们在相互发信息逗乐呢，我也给你发几条。"

她回复："你就要发言了，不要分心，好好准备吧。"

信息很快又来了："什么发言啊，不就是表态吗？要如何如何干好，为集团争光、创效益，老一套，用不着准备。"

她回复："祝你发言精彩、成功。"

信息很快又来了："天下朋友无数，以投缘为佳；天下之谊无尽，以适己为悦；天下之爱无穷，以知音为贵；天下之情无量，以称心为重。赠肖玉。"

她回复："很好，学习了。谢谢。"

她刚把手机放进口袋，信息又来了："开会没有不隆重的，闭幕没有不胜利的，讲话没有不重要的，决议没有不通过的，鼓掌没有不热烈的，人心没有不鼓舞的，领导没有不重视的，进展没有不顺利的，问题没有不解决的，完成没有不超额的，成就没有不巨大的，竣工没有不提前的，接见没有不亲切的，中日没有不友好的，中美没有不合作的，交涉没有不严正的，会谈没有不圆满的。劝你听会不要再那么郑重。"

她回复："你是领导，这样的信息不好，有点反动。嘿嘿……"

信息很快又来了："现代社会，言论自由。"

接着，又有几条信息连续发过来：

"现代企业新解：总是在裁人，简称总裁；老是板着脸，所以称老板；总想监视人，所以叫总监；经常没道理，所以叫经理。

"一只小狗爬上餐桌，向一只烧鸡爬去，主人大怒说：'你敢对那只烧鸡怎样，我就敢对你怎样。'结果，小狗舔了一下鸡屁股，乐道：'小样，看谁狠？'

"一对老夫妇去拍照，摄影师问：'大爷，您是要侧光、逆光，还是全光？'大爷腼腆地说：'我是无所谓，能不能给你大妈留条裤衩？'

"两个饺子结婚了，送走客人后新郎回到卧室，竟发现床上躺着一个肉丸子！新郎大惊，忙问：新娘在哪儿？肉丸子害羞地说：讨厌，人家脱了衣服你就不认识啦！"

肖玉想笑，又有点不好意思。她在心里说：你一个总经理，怎么好意思给下属发这些呀？

会议结束后，肖玉正准备回家，忽然接到姜云飞的信息："晚上我请客吃饭，南国大酒店红玫瑰餐厅，六点。"

肖玉有些受宠若惊。一般领导请下属吃饭，都是因为下属的业绩突出，可自己刚来不久，怎么承受得起？她不知道姜云飞都请了谁，有多少人。她第一次遇上这种情况，也不好意思问，更没法问别人。不去赴宴也不合适，以后还要一起工作呢。

肖玉到了饭店，发现就姜云飞一个人。她不免有些诧异：

　　　　　　　　　　　　　　　　旅途愉快

"姜总，其他人还没来吗？"

姜云飞看着她诧异的样子，笑了笑说："就我们两个。怎么，不可以？"

"我……我是说……"她一时不知如何是好，"就我们两个，在这样的饭店，太破费了。"她有些不自然，依旧站着。

"知道我为什么请你吃饭吗？"

"不……不知道。"

"肖玉，不要紧张，过来坐下来吧。"说着，姜云飞起身为肖玉拉开了座椅。

肖玉不好意思地坐下，说："谢谢姜总！"为了缓解紧张情绪，肖玉又问道，"姜总，你脑子里怎么有那么多的笑话？"

姜云飞点了一根烟，说："说实话，那些都不是我的原创，都是别人转发给我的。"

肖玉又问道："姜总，是不是事业有成的人都像你一样乐观？"

姜云飞叹口气说："你别看我成天嘻嘻哈哈的，其实，内心的痛苦谁也不知道。"

肖玉没想到像姜云飞这么乐观的人也会有痛苦，忍不住问道："姜总，你要什么有什么，怎么会有痛苦？别说书的掉泪——替古人担忧。"

"你听过《苦乐年华》这首歌吗？"说着，他小声哼唱起来：

生活是一团麻

那也是麻绳拧成的花

生活是一根线

也有那解不开的小疙瘩呀

生活是一条路

怎能没有坑坑洼洼

生活是一杯酒

饱含着人生酸甜苦辣

喔哦哦

…………

没等他唱完，肖玉就笑起来："你这也叫痛苦呀？"

"这叫苦中作乐。"姜云飞叹口气说，"我的痛苦，说了你或许不相信。"

肖玉浅浅地一笑说："是有点，你说说看。"

"人生有三大悲剧：少伤亲，老伤子，中伤夫。我认为还应该加一个：夫妻不和睦。"

肖玉的脸色一下子沉了下去。

"人的一生和谁在一起的时间最长？年轻时和父母，等长大后成了家就和父母分开了。到自己的孩子长大后，他们也离开了。人生有四分之三的时间是夫妻生活在一起，如果夫妻不和睦，日子过得就没有一点滋味，没有一点幸福可言，那不是一大悲剧吗？我的婚姻是父母包办的。妻子文化水平低，没见识，还霸道。为了这个家，为了孩子，我不得不外出拼命挣钱，可她却埋怨我成天不在家。我们已经分居好几年了，我不想回家，也不想见到她……"

他只顾自己讲，没注意肖玉的眼睛红了。直到服务员端上菜来，他才停下来。

"吃饭，吃饭。不说这些不愉快的事。"姜云飞不好意思地笑道。

肖玉小口小口地吃着，一点胃口都没有。姜云飞知道是他的话触痛了她，于是说道：

"近几天集团要组织一批中层领导和个别业绩突出的业务员外出考察，名义上是考察，实际上就是公费旅游，我为你争取了一个名额。"

肖玉疑惑地望着姜云飞。

"你不相信？不信你去问钱夫人……"

肖玉笑着说："我没说不相信，我相信。"

"相信就好，这事就这样定了。"接着他又说，"人啊，遇到事就应该想开点，不愉快的事不去想，怎么快乐怎么想，怎么快乐怎么做，何必自己作践自己？你想，人啊，上除年幼下除老，中间已剩不多了，还有一半在床上。人生就那么点时间，何苦要委屈自己？该吃就吃，该喝就喝。我知道你心里也有解不开的疙瘩，正好出去散散心。"

"那好吧。"

"答应了，就不能再改变。来，拉钩。"姜云飞说着伸出了手指。

肖玉也不得不伸出手指，边拉钩边笑着说："姜总，你怎么像个小孩子？"

"人啊，只有保持儿童的心态，生活才能快乐。拉钩上吊，一百年不改变……"

五

东方集团考察团一行共15人，姜云飞是考察团团长，钱复是副团长，考察时间半个月，路线是从县城坐火车到广西，由广西坐轮船去海南，由海南乘飞机去厦门，然后去江西、湖北，再从武汉坐火车返回。

肖玉一直想去海南，她还没见过大海，没坐过轮船。

他们到达南宁后，便被旅行社接上直接去了北海市。到了北海市，看到路两边长着一种树，树干不是很粗，但叶子却非常茂密，像被人捆扎在一起似的，几乎是撒土不漏、下雨不滴水。肖玉问导游这是什么树，导游回答："龙眼树，也叫桂圆。现在还不到季节，吃不到新鲜的龙眼。"

肖玉感慨说："不知桂圆甜谁家，独留我等观绿叶。"

姜云飞称赞说："哎呀，我们的肖玉同志原来还是位诗人！"

更让肖玉惊奇的是榕树，主枝上垂着细细的、长长的像胡子一样的根须。导游让大家猜它叫什么，有的说叫胡子，有的说叫头发。导游说：都没猜对，这叫气根。气根从树枝的下面生出，细细的，密密的，很结实。它们一接触到土，就会疯长。榕树生长久了，主干会朽，而根就成了干。对于老榕树，是分不清楚根和干的。所以俗语说：榕树一大怪，树根长在树皮外。

肖玉高兴得直拍手："旅游就是长知识啊。"

到北海的第二天，他们去了海洋之窗、北海银滩。

晚上七点半，他们乘轮船去海南。

轮船很大，下面是货舱，上面是客舱，有八人间、六人间、四人间不等。姜云飞、钱复和肖玉住一个客舱，是四人间，其他人住的是六人间。姜云飞想把钱复调到另一个客舱，但钱复不同意。轮船起航时，天已经黑了。

姜云飞说："肖玉，走，我们到外面看看夜晚的大海。"

肖玉跟着姜云飞出了船舱，钱复也跟了出去。但是，他没和他们俩走在一起。

夜晚的大海，什么也看不到，只有黑暗，只能听到轮船划破海水的哗哗声。肖玉站在甲板上，手扶栏杆，心里不由生出很多感慨，说：

"大海虽宽阔，难抵黑暗的打压。海水虽深，难阻破浪的航船。黑暗虽无边，难挡勇者的翅膀。"

姜云飞说："肖玉，你都快成为诗人了。"

"我只是有感而发……"正说着，突然一双手搭在了她的肩上。她知道是姜云飞，忙说："我们回去吧，我有点冷。"

到海南后，他们先后参观了博鳌旅游风景区、万泉河风景区、天涯海角风景区、鹿回头风景区。在小东海环球潜水基地，导游说：这里是三亚国家级珊瑚礁自然保护区之一。这一海域的海洋生物有600多种，其中鱼类300多种，软体动物100多种，珊瑚40多种，甲壳动物70多种，是典型的热带海洋生态系统。开展有水肺体验潜水、珊瑚湾岸礁潜水、远海潜水、精品潜水、海底漫步、半潜艇观光、珊瑚观赏船、水下照相、水下摄影、海上垂钓、海上拖伞等多种休闲娱乐项目。大家来一次海南不容易，也可能一生就这一次，人生难得几回搏。其他事可以不做，至少要做一次潜海游，看一看精彩的海底世界，否则就太遗憾了！

　　姜云飞招呼肖玉说："肖玉，导游说得对，我们潜一下吧，既然来了，不能留遗憾。"

　　肖玉连连摆手说："不行不行，我害怕。"

　　"怕什么？怕不会游泳？没事。你去过西藏，那是世界最高点，如果再做一次潜海游，多有意义呀！"

　　肖玉不由心动。过去只在电视、电影里看过潜水，她一直怀疑在水里怎么可以看清楚东西。最后经不住姜云飞的鼓动，肖玉选择了珊瑚礁潜水，票价300元，水下摄影两人180元。

　　姜云飞很是高兴，急忙去买票。然后领着肖玉持票去换潜水服，换了潜水服又去买水嘴。完成这一切，就有潜水教练教他们潜水知识：潜水很安全，是一对一的潜水，即一个潜水员护卫一个，无论会不会游泳，都不会有问题。这里是近海区，不会有鲨鱼。水下不能说话，一切靠手势。有情况时，大拇指竖起向上指；继续下潜，大拇指向下指；向左向右潜，大拇指向左向右指。教练讲完了，肖玉又有些犹豫了：

"不会有问题吧？别潜下去上不来了。"

姜云飞伸手揽住她的腰，说："西藏你都去了，这算什么呀？再说，有我在呢，我会保护你，怕什么！"

到了海边，他们登上一艘快艇，来到潜水点。潜水员帮肖玉穿上潜水服，又让她噙上水嘴，说："要咬紧，吸气呼气都要用嘴。"姜云飞给肖玉戴上防水眼镜，说："一定不能用鼻子呼吸，记得用嘴。我们始终在一起，有情况别忘了打手势。"接着，潜水员又让她把脸埋在水里试试。她试着试着，不知不觉就被潜水员拉进了水里。到了水下，肖玉连连感叹：真如电影、电视上的一样，海水很清澈，许多漂亮的鱼儿在她周围游来游去。她伸手去抓，那些鱼儿摇头摆尾，并不惊慌。可是，她却抓不到。没下水时，潜水员告诉她，海里的鱼很调皮，喜欢围在人的周围。她抓鱼的时候，摄影师给她拍了一张照片。姜云飞游到她的身边，抓住了她的手，抚了抚她的头，揽了揽她的腰。她没有回避。她感到他的手很温暖，很安全。姜云飞见她没有拒绝，又把她紧紧地抱了一会儿。摄影师拍下了这一浪漫瞬间。继续下潜，她看到一片美丽的珊瑚礁，仿佛就在脚下，她忙用脚去蹬，可是蹬不着。她继续向下潜，来到一块礁石旁，并抱住了它。这时，姜云飞游到她身边，也抱住了那块礁石，他们的防水眼镜碰在了一起。

天边那朵雨做的云

摄影师又给他们拍了一张照片。

她只顾高兴，一不留神用鼻子吸了一口气。她心想这下坏了，急忙竖起大拇指，做了个向上的动作。潜水员很快把她送到了水面上。姜云飞也跟着浮上来，问："时间还不到，怎么就上来了？"她把情况一讲，他笑了：

"没什么事，下次注意就是了。调整一下心情，我们再往别处潜一潜。"

肖玉说："不潜了，我已经很满足了。"

上船时，肖玉两腿发软，姜云飞不失时机地抱住她的腰往上推。在快把她推上船的时候，他稍微用了一下力，肖玉就倒了下来，正好倒在了他的怀里。他紧紧地抱着她，关切地问：

"你怎么了，没事吧？"

"没事，太滑了。"

肖玉想挣脱他，但他抱得太紧了，怎么也挣脱不开。过了好大一会儿，两人才站起来。快艇像箭头一样，划破湛蓝的海水，扬起一串串翡翠。肖玉感到嘴唇是咸的，脸皮是紧的，头发是硬的，但心情却是惬意的。

结束了海南之旅，他们又乘坐飞机到了厦门，游了胡里山炮台、金门等，然后又去了武夷山。

武夷山不比海南，气温低了很多。他们的第一站是去九曲溪漂流。他们分乘三艘竹筏，姜云飞依然是和肖玉一起。九曲溪并不是只有九道弯，而是大弯里又有小弯。撑竹筏的三十来岁，竹筏一启动，他就说："出来旅游，就是找开心的，我一边撑，一边给大家讲解，有时候还要大家参与。既然来了武夷山，就要吃、喝、嫖、赌啥都干，不然就等于没来武夷山。"

大家很不高兴，姜云飞教训他说："你这小伙子怎么这样说啊？我们可都是正经人。"

小伙子笑着说："我说的嫖不是嫖娼，是漂流；赌不是赌博，是睹风景。"

人家都笑了，因为竹筏吃水深，就有人湿了脚。撑竹筏的小伙子就说："要小心，湿脚可以，千万不可湿（失）身。"

大家又忍不住笑起来。小伙子则说："笑什么？现在的年轻人不都是先上车后买票，先打针后挂号，抱着娃娃上花轿？"

好一会儿，小伙子没再讲笑话，大家又耐不住了，纷纷说："小伙子，别光撑筏，再来个段子呀。"

小伙子还是不说。

行至一处山崖边，小伙子指着上面几个较大的字问："谁认识这几个字？"肖玉看了看，说："有个字写得不对。"

小伙子说："这是清朝一个不得志的官员写的。当官不得志，光写错别字。"

钱复说："你这说法不准确，不一定当官不得志，才会写错字。"

小伙子说："这个你就不知道了。这年头，到处都是错别字：植树造零、白收起家、勤捞致富、选霸干部、任人为闲、择油录取、得财兼币、检查宴收、大力支吃、为民储害、提钱释放。"

钱复笑道："那不是错别字，是对当前一些不良现象的讽刺。"

竹筏行至一转弯处，岸上有一栋白色的两层小楼。小伙子说："那就是二炮的办公地点"。

姜云飞说："小伙子，二炮的办公地点怎么会在这里？"

"一楼泡茶，二楼泡妞，简称二炮（泡）。"

大家都笑起来。

小伙子只顾说话，后面的一艘竹筏超过了我们。撑船的是一位年轻姑娘，身材苗条，头戴斗笠。

姜云飞说："小伙子，你怎么还没有人家女孩子撑得快？快赶上去啊。"

"不赶，前面有吸引力，后面才有动力。"

大家又都大笑起来，一致说："姜云飞，你平时笑话那么多，这时候怎么一点也没表现出来？和他比试比试。"

撑筏的小伙子也鼓动说："对，不能光我讲。你们来一段，我来两段。"

姜云飞早就想显摆一下，只是没机会，大家这样一说，他立即来了劲头："好，那我就来一段。一天，一对老夫妻吃晚饭时突发奇想：赤身依偎着，找找年轻时的感觉。老太婆起身去给丈夫加菜，筷子刚伸进菜里，就激动地说：我感觉

　　　　　　　　　　　　　　　　旅途愉快

和年轻时一样，乳房发热。老头子斜了她一眼说：看你美的，是奄拉到汤里了！”

一筏人笑得手舞足蹈，大叫肚子疼。此刻，竹筏正驶向一个急转弯，肖玉只顾弯着腰捂着嘴笑，没有提防，一下子被甩下了竹筏……

六

由于受了惊吓，肖玉发起了高烧。无奈，一行人不得不提前返回。

肖玉住进了县医院，姜云飞几乎天天去医院看她，肖玉十分感动。

这天中午，肖玉正感到无聊，姜云飞捧着一束鲜花，走进了病房。她接过鲜花，激动地放在鼻子上嗅着，这时，她看到鲜花中间有一红色纸笺，取下打开，见上面写着一首诗：

由于上帝的错误
我们已不能成为牵手相依的伴侣
由于上帝的慈悲
已安排我们做时常牵挂的知己
我这时的花虽然不是自己栽培的
但我爱你是没有瑕疵的
我这时的鲜花虽然不是最富贵的

但却熔铸了比富贵更值得珍惜的情意

我虽然不能成为你的唯一

但愿我是你的第一

我虽然不能把你捧在手心里

但将会用思念的纤维缠绕着你

你虽然不能依偎在我的怀抱里

但将永远灿烂于我的梦境里

　　品味着这首诗，她的脸上浮出了红晕。多少年来，她从没有感受到这样的呵护和温馨，眼睛不由得有些潮潮的。姜云飞看着她，微微地笑着，一句话也不说。她首先打破沉寂，说：

　　"谢谢你的鲜花，谢谢你的诗。你什么时候也学会写诗了？还写得这么好。"

　　"嘿嘿，刚写的。"姜云飞不觉脸红了，"你知道我不会写诗，却又偏偏这样说。"

　　"呵呵。你说，是从哪里抄的？抄谁的？"

　　"一本杂志上。"姜云飞忙转移话题，"明天你就可以出院了，恰好，集团要在中原市举办订货会。根据董事会的要求，你和我得提前一天去做准备，后天就出发。"

　　肖玉诧异地说："董事会的要求？董事会的领导知道我？"

　　"是啊，你现在可是咱们集团的名人，可以说是东方集团的形象代言人。"

肖玉笑笑说："人家企业的形象代言人都是影视明星，还没有听说用自家职工做形象代言人的。你也不用忽悠我，我既没有那么大影响，也没有那么漂亮。这都是你的主意吧？"

"权当是吧。是我向董事长推荐的你。"

肖玉心里很是感激他。

订货会在中原市中原之星召开，这是一家四星级酒店。参加订货会的有一百多人，会议的规格很高，不仅吃住安排得好，会后还要去几大风景名胜区游玩。

姜云飞配有专车，他去外地开会都是自己开车。平时，他不允许其他人坐他的车，这次肖玉破了先例。

到了中原市，姜云飞并没有安排肖玉住在中原之星，而是让她住在附近的一家宾馆。肖玉问为什么，他说中原之星没有房间了。肖玉说，有什么工作要做，尽管安排，自己不怕累，就怕闲着。姜云飞说，一切都安排好了，你什么都不需要做，只需晚上陪着我给客户敬酒就行了。

晚上六点，准时开宴。姜云飞一到，所有人都站起来问好。姜云飞拱手说：

"大家一路辛苦了。今天来的不仅有合作多年的老朋友，还有很多新朋友。不管是新朋友还是老朋友，我们都是好朋友。今天晚上，大家放开，多喝几杯。"

他的话音一落，就有人起哄说："姜总，这位漂亮的小姐是谁，怎么也不向大家介绍介绍？"

姜云飞笑道："对不起，对不起，我忘了介绍。这是我们集团的业务员，也是我们集团的形象大使肖玉，以后她有麻烦大家的地方，请给予支持。"

"好好，有姜总你这句话，以后形象大使到了我们那里，一定一路绿灯。"

"姜总，在什么地方找来的这么漂亮的形象大使？"

…………

姜云飞再次拱手说："多年来，各位给予东方集团莫大支持，为了表示谢意，我先敬大家两杯，祝大家好事成双。"说着，自己先干了。

大家也都举起酒杯。

敬酒过后，一道红烧鲤鱼上来了，服务员知道姜云飞是主人，就把鱼头朝向了他。大家又起哄说：

"姜总，这鱼头酒你必须喝，按规矩，要喝三杯。"

姜云飞也不推辞，说："好，既然大家说了，那我就喝三杯。不过，按规矩，头三、尾四、脊五、肚六，一个也不能少。"

只要被鱼对着的人都喝了酒，有人觉得吃了亏，就拿肖玉做文章。他们都看出来了，姜云飞对肖玉特别好，让她喝，姜云飞肯定难受。肖玉没有喝过酒，几杯下肚，脸色就变红了。姜云飞急忙替她喝了。姜云飞陪过这一桌，又走向第二桌。肖玉也在后面跟着，每到一桌都得喝一两杯。有时候，她还得替姜云飞喝一杯。

宴会结束，姜云飞送肖玉回宾馆，他说借这个机会散散步，醒醒酒。肖玉觉得他说得有道理，就同意了。

路上，姜云飞自豪地说："肖玉，今晚玩得开心吧？"

肖玉不屑地说："说实话，和这些人在一起不开心。"

"为什么会不开心？"

"男人啊，净想些邪的歪的，没一个好东西。"

"哎哎，这话我可不爱听。包括我吗？"

"嘿嘿，差不多。"

"那如果世界上就剩下两个男人，一个生理健全的，一个生理不健全的，你会选择哪一个？"

肖玉伸手拍了他一下，笑道："什么理论呀？我不知道。"

姜云飞借势把她揽在怀里，并在她额头上吻了一下。

肖玉用力推开他说："你回去吧，我自己知道怎么走。"

"我忽然有些头晕。"

"那就更应该回去。"

"再走走，一会儿就好了。"

到了宾馆，肖玉说："我到了，你回去吧。"

姜云飞有些不高兴地说："怎么了呀？我喝多了，口渴得难受，就不知道让我上去喝口水？"

肖玉苦笑说："那好吧，你喝了水就回。"

肖玉打开房门，感到有些热，便脱去外衣，挂在衣架上。姜云飞猛地从后面抱住她："肖玉……"

她挣扎着说："姜总，快松手，你要干什么？"

姜云飞两眼红红的说："肖玉，你不知道我喜欢你吗？你没看出来我多么爱你吗？"

"姜总，这样不好，你快松手。"

"你回答我，你不回答我就不松手。"

"谢谢你对我的帮助，可是，这样不好……"

没等她把话说完，他就把嘴唇印在她的嘴上，继而是额头、眼睛、耳朵、脖颈。肖玉左转右转却怎么也逃不掉。她意识到他要干什么，眼里禁不住流下泪来。姜云飞一只手揽住她的腰，一只手伸进了她的领口……

"小肖，你太漂亮了，你的容貌，你的身体……我被你陶醉了。"

肖玉睁开眼睛，举起拳头在他身上使劲捶起来。捶罢，又捂住脸说："我好后悔……"

姜云飞笑着说："捶得真舒服。"

停了一会儿，肖玉忍不住问他："姜总，你真的爱我吗？"

"傻话，我不爱你会对你这么好吗？"

"你是总经理，我是一个推销员……"

"你说什么呀？地位算什么？一切都是过眼烟云。"他又把她抱在了怀里。

肖玉推开他说："我们已经这样了，以后还怎么在一起工作呀？"

"你的思想怎么还那么保守？你是一个独身女人，年纪轻轻……"

"姜总，我不是你想象的那种女人。"

"我知道，所以更爱你。"

"你是有家庭的人，不能随便和其他女人说爱。"

"我们已经分居好几年了，迟早是要离婚的。"

"不说这些了，你该回去了。"

"不回了，就和你住这儿了……"

"绝对不行，你什么后果都不讲了？"

"有什么后果？今天就我们两个，又没人知道……"

"你是有家庭的人，我一个单身女人，传出去，我以后怎么办呀？"

"已经有过了，你还那么纯情干什么呀？"

"这是第一次，也是最后一次！不然……"

七

自此后，肖玉变得郁郁寡欢，总是躲着人。

更让她想不到的是，这个月，她的月经居然没来。她又等了几天，还是没来。难道真的怀孕了！一个离婚女人怀孕了，人们会怎样看待她？她该怎么办。她第一个想到的就是告诉姜云飞——他说他爱她。

这天，她来到姜云飞的办公室。姜云飞先是惊奇，接着是惊喜：他原以为她不会再和他来往，没想到她却不声不响地来到了他的办公室。他急忙让座，倒茶，说：

"最近可好？你知道我有多么想你吗？那一夜太让我难

忘了……"

肖玉沉着脸说："姜总，你把我害了，我怀孕了。"

姜云飞怔住了，愣在那里："不会吧？就一次怎么会怀孕呢？"

"怎么不会怀孕？亏你说得出。"

"嘿嘿，是、是我不好。"

"事已到了这个地步，你说我们怎么办？"

"我们？"

"不是我们，难道是我自己？你不是说你爱我吗？我们赶快结婚吧，不然，我以后怎么做人？"

"这个……这个……"姜云飞吞吞吐吐起来，"这太突然了。要不先打掉吧，等我把离婚手续办妥了，我们再要。"

"那你什么时候可以办妥？"

"具体时间我说不准，总之，会很快。"

"孩子一天天长大，容不得拖太久。"

"所以我说先把孩子打掉……"

肖玉冷着脸说："你知道做人流有多痛苦吗？"

"是……是有点痛苦，可是……"

"可是什么？离个婚有这么难吗？"

"没你想的那么简单。"

"你爱我吗？"

"看你说的，我当然爱你，很爱你……"

"那你陪我去医院吧。"

"现在？"姜云飞脸上现出难色，"我现在正在上班，怎么能离开呢？"

"那你说什么时候去？"

"刚怀孕，晚几天也没关系。你先回去，等我有时间了，我给你打电话。"

"那我等你的电话。"说完，肖玉就离开了姜云飞的办公室。临走时，她还深情地望了姜云飞一眼。

让肖玉想不到的是，此后一连几天她都联系不上姜云飞，手机关机，办公室也不见他人影，问谁都说不知道。这天肖玉无意中用厂办的电话拨打姜云飞的手机，尽管听筒里依然传来"你拨打的电话已关机"的声音，但姜云飞却接了。姜云飞把手机设置成这样，就是不想接她的电话。她挂断电话，眼里盈满了泪水。正当她不知所措的时候，姜云飞发来信息："我在外地出差，你自己去把孩子做了吧。回去后我会好好补偿你的。"

走出工厂，她再次拨打姜云飞的手机。过了好一会儿，姜云飞才接："肖玉，你在什么地方呢？"

肖玉委屈地说："厂区外。这事肯定不能在厂里说，这个道理我懂。"

"一定不能当着别人的面讲，传出去了，对你对我影响都不好。你是个聪明人，应该知道怎么处理。"

"我不知道怎么处理，你不在，我没了主心骨。"

"这不是你的性格呀。这点小事你还处理不好？赶快去做了吧，你是医生，比我清楚，这事难不住你的。"

"现在不是做掉孩子的问题，我们的事你到底想咋办？"

"你怎么那么固执呢？我不是说了嘛，你给我时间，事情一定会圆满解决的。"

"多长时间？我等你回来。"

"你呀，你怎么……肖玉，爱和婚姻是两码事，相爱不一定会结婚，结婚不一定是因为爱……"

"姜云飞——"肖玉火了，"难道你根本就没打算和我结婚？"

"虽然我爱你，但我们也不是非得结婚吧？"

"你不打算和我结婚，为什么讨好我，接近我，又占有我？"

"我爱你呀！"

"你无耻！"

"肖玉，要看得长远点。赶快去把孩子做了吧。"

"我不去，我要等你回来。"

"你这是在威胁我吗？"

"难道你不该负责吗？"

"负责？怎么一次就怀孕了？我还怀疑是你……"

"姜云飞，你这个混蛋！"肖玉一气之下挂断了电话。

回到家，肖玉一头扑到床上大哭起来。

哭了一阵，她想起钱复。钱复当过多年的镇长，对自己也一向很好。于是，她拨通了钱复的电话：

"钱经理，我遇到麻烦事了，想请你出个主意。"

"出了什么事？"钱复关切地问。

"电话里说不清楚，还是当面说吧。"

"那好，你在哪儿？"

"我在家。你能过来吗？"

"我十分钟后到。"

见到钱复后，肖玉禁不住又哭起来。钱复不知道发生了什么事，急忙说：

"小肖，别哭，有话好好说。"

肖玉止住哭，说："钱经理，我尊重你，一直把你当长辈。而今我遇到了一件麻烦事，想了半天，只有给你说。"

"小肖，到底发生了什么事？"

"我怀了姜云飞的孩子……"

听肖玉讲完，钱复气愤地说："我早就看他没怀好意。他和他老婆根本没有分居，也没准备离婚。而且他和集团的多个女孩……"

"他说他爱我，没想到他是这样的人……"

"我早就知道他不是个好东西。"

"钱经理，我现在该怎么办？"

"要我说，去董事长那儿告发他。他不就是依仗自己是总经理吗？"

"那我告他什么？"

"就说他强奸你。"

第二天，肖玉去了董事长办公室。东方集团董事长蒋威，五十多岁，白白胖胖的，只是有些秃顶。

肖玉进门就说："董事长，我等了您一上午，终于见到您了。"

蒋威打了个手势，让她坐下，他接了两个电话，才说："你是集团的职工？叫什么？"

"我是复合肥厂的营销员，叫肖玉。"

"哦，名字倒是听说过。什么事？说吧，我还有事，马上要出去。"

"我被姜云飞强奸了……"

"真有这事？"蒋威愣了一下。

"董事长，我说的是真的。"

肖玉仔仔细细把前后经过讲了。

蒋威听后，说："你的事我知道了，等我落实后，再给你答复。"

肖玉急了："董事长，你不相信我？"

蒋威浅浅地一笑，说："我不是不相信你，总得先做个调查吧？"

肖玉问："那我什么时候有结果？"

"一个星期后吧。"

一个星期后，肖玉再次来到董事长办公室。还没等她说话，蒋威就说："肖玉呀，我向姜云飞了解过了，事实与你说的有距离呀。姜云飞说，那天他喝多了，酒后的事都不记得了。"

"董事长，不是这样。"

"那你当时怎么不向我汇报？姜云飞说他喜欢你，你也喜欢他，你一进屋就脱了衣服……"

肖玉恨恨地骂道："姜云飞，你太卑鄙了！"

停了一会儿，蒋威叹口气说："现在这样的事多了。何况企业讲的是效益，只要他能给集团挣钱，我们是不会过多地干涉他的私事的。如果你所说的是事实，可以上法院告他。"

最终，肖玉含着泪出了董事长办公室。

走出东方集团大楼，肖玉无力地在路边的靠椅上坐下。这时，她的手机响了起了。她打开一看，原来是刘清泉老师的信息："肖玉，很久没和你联系了，你好吗？我一直挂念着你。告诉你个好消息，我结婚了，她很爱我，我也很爱她。有机会我们一块去看你们，真心祝愿你和魏伟相敬相爱，幸福美满！"

肖玉呆呆地盯着手机屏幕，眼泪无声地流了下来。

八

这天中午，姜云飞和几个人一路谈笑风生地进了一家烩面馆。

"云飞，听说你把一个姓肖的女人的肚子给搞大了？"

有人笑着问。

姜云飞也不避讳，反问道："你怎么知道了？"

"我操，都弄到董事长那里了，我们会不知道？"

"没想到一次，就种上了。"

"哈哈，是你的种子好，有土壤就发芽。"

坐在姜云飞对面的"小胡子"说："今天是三八妇女节，你不给她发个信息祝贺一下？"

姜云飞说："还发个屁呀？想着可以经常玩呢，没想到她那么正经。"

"小胡子"鼓动说："和兄弟们讲讲经过呗？"

"那感觉真好……"

正说着，手机来了信息。姜云飞一看手机号码，忽然沉下脸来，说："你们猜是谁给她出的主意？"

"谁呀？"大家异口同声地问。

"就是给我发信息的这个人，是我手下的一个副经理，钱复。"

"他怎么能做出这事来？"

"他以为他很聪明。你们别看他表面上笑呵呵的，其实他嫉妒我，想把我搞下去，占我的位置。凭老子在东方集团的影响，做梦去吧。"

"小胡子"说："那个姓肖的女人叫什么，能不能让我们认识一下？"

"她叫肖玉，老公叫魏伟。"

"哈哈，有夫之妇呀？"

"离婚了。她老公因为她漂亮，总是对她疑神疑鬼。"

"那你应该感谢她老公，是他给了你机会，哈哈……"

他们正说着，一个男人捧着一碗热气腾腾的烩面走了过来。当他走到姜云飞身旁时，猛然把手中这碗烩面盖在了姜云飞的脸上。姜云飞惊叫一声倒在地上，其他人也惊呆了。接着，打成了一团。

这个男人，不是别人，正是魏伟。

离婚后，魏伟很是后悔，可是，已无法挽回。他多次想去找肖玉，只要她能回到自己身边，哪怕下跪，他也认。但是，他没有去，他知道肖玉的性格，他伤害她太深了。这两年中，也有不少人给他介绍对象，但他都谢绝了。他知道肖玉没有结婚，他是在等她。不知道有多少次他站在东方集团的大门外，看着她走进去。直到她的身影消失，他的眼睛都是直的，全然不知眼泪已流下来。

两年来，他写了厚厚的两大本日记。他知道肖玉喜欢唱歌，他从电脑上下载了很多歌，孩子不在家的时候他就对着她的照片唱。他最喜欢唱李娜的《杜十娘》，他把自己当作了杜十娘。一天晚上，他站在窗前，望着窗外，流着泪，唱着歌：

> 肖玉啊
>
> 你是不是饿得慌
>
> 如果你饿得慌

对我魏伟讲

魏伟我给你做面汤

肖玉啊

你是不是冻得慌

你要是冻得慌

魏伟我给你做衣裳

啊

肖玉啊

你是不是闷得慌

你要是闷得慌

魏伟我为你解忧伤

肖玉啊

你是不是想爹娘

你要是想爹娘

魏伟我跟你回家乡

啊

肖玉啊

你是不是困得慌

你要是困得慌

　　　　　　　　　　　　旅途愉快

魏伟我扶你上竹床
············

唱完，他对着茫茫夜空，大声喊："肖玉，你听到了吗？"
他没有听到回应。他怎么能听到回应！

他始终没有去见她。他本不会喝酒，这天他来到烩面馆，
点了两个菜和一小瓶二锅头独自喝起来。他万万没有想到会
在这里遇上姜云飞，虽然他不认识他，不知道他和肖玉之间
发生了什么，但听了他们的对话，他怒火中烧。

姜云飞被烫伤了，魏伟被拘留了。

在登上警车时，魏伟向警察请求说："我的儿子虎子在家，
没人照顾，一定要告诉孩子的妈妈。"

肖玉虽然怨恨魏伟，但是，孩子一直是她最大的牵挂。
她走进这个亲切而又陌生的家，虎子看到她，先是一愣，接
着一头扎进她的怀里，成了个泪人：

"妈妈，你去哪儿了，你咋不回家呀，我想你，我可想
你了……我爸爸也想你，爸爸老哭，爸爸哭我也哭……"

肖玉也哭着说："乖，妈不好，妈让你受委屈了……"

"不，妈妈好，爸爸说妈妈好，爸爸说你会回来的……"

"不哭，虎子是好孩子，好孩子不哭。"

"妈妈，你还走吗？妈妈不要走，我不让妈妈走，虎子
会听话的，虎子再不淘气了，再不惹妈妈生气了……"

虎子哭了一阵，歪倒在她的怀里睡着了。嫩嫩的、白白

净净的脸上，弥漫着安详、幸福、甜蜜。嘴角时不时地露出微笑……

第二天一大早醒来，虎子问："妈妈，爸爸呢？他去哪里了？"

她安慰说："爸爸出远门了，过些日子就回来了。"

虎子睁大眼睛，不解地问："爸爸去了很远很远的地方吗？有北京远吗？老师说北京可远可远了。"

她不敢再和虎子说下去，她带着他下了楼，来到游乐场，做起游戏来。

虎子玩得高兴极了。看着虎子开心的样子，她不由得一阵心酸。

半个月后，魏伟被放了出来。

肖玉接到通知后，一大早，就带着孩子，站在小区的大门外，两眼直直地望着他回来的方向，一句话也不说。

虎子问："妈妈，我们为什么要站在这里。"

她说："等爸爸。"

他慢慢出现在她的视野里。她一动未动，孩子也未动，他好像变了个人，不像是他了。直到他快走到他们跟前时，虎子才发现那是爸爸。

"妈妈，那是爸爸，爸爸回来了，爸爸回来了……"虎子大叫起来，猛地挣脱肖玉的手，扑向爸爸。

她看到他弓下身子，把孩子揽在怀里。

魏伟牵着虎子的手来到她的跟前，他们对视着，没有一

　　　　　　　　　　　　　　旅途愉快

句话。他低下了头，她也低下了头。过了好一会儿，她抬起头看着他，说：

"回家吧。"

他也抬起头，望着她，然后一把把她搂在了怀里。她也紧紧地抱住了他……

到了家，虎子去找小朋友玩了。客厅里就剩他们两个，很久很久都没有一句话。

魏伟攥紧双手，低下头说："你能原谅我吗？"

肖玉向门外望了望，说："说点别的吧。"

魏伟眼里盈满了泪水："虎子胖了很多。"

"重了四斤。成绩也进步了很多……"

魏伟不知道说什么，也不知道怎么说。

肖玉说："药店明天开门吧，还得去工商、税务办手续，这些费用不会少，房租也不少。"

"你看着办吧，我想在家待几天。"

吃过晚饭，肖玉说："县城新开了一家浴池，很干净，你带着孩子去洗个澡吧。"

他低声说："你也去吧。"

他们都去了。去的路上没什么话，回来的路上也没什么话。

他们又生活在了一起，没了笑脸，也不再吵架。相互间说话，轻声细雨，诚惶诚恐。他睡主卧，她睡次卧。后来的一天晚上，虎子拉着她的手走进主卧，他们睡在了一张床上，孩子在中间。

日子一天天过去。药店也重新开门营业。顾客似乎比以前多了，但真正买药的人却少了，他们大多是看看魏伟，再看看肖玉，笑了笑，便转身而去。

一个月后的一天，孩子去了幼儿园，魏伟去了药店。肖玉坐在书桌前给魏伟写了一封信：

你的爱像带刺的绳索肆意地捆扎，它深深地刺疼了我，我选择了离开。你的爱像燃烧的烈火，它深深地炙烤着了我，我回到了你的身边。然而，时过境迁，物是人非，曾经天真的、快乐的、难忘的……但那只是曾经，那只是找不回的纯真，找不回的温馨。我们都在努力呼唤它，找回它，可是，我们永远也找不回了……人走了，走的人是谁？人回了，回来的还是我吗？我只想永远记住那最华丽的美景，我只想永远忘却那段忧伤……

我爱你是痛苦的，离去也是痛苦的。

我相信你一定能够找到真爱。我很想告诉你：真爱，就像是一块水晶，干干净净，透彻清凉，却也反射出五光十色的艳丽。它是坚韧的，又是脆弱的，既可以为所欲为地欣赏，又需要小心翼翼地呵护。真爱不仅仅是浪漫的相遇，热烈的吸引，醉人的甜蜜和澎湃的激情，更应该是深广的宽容，细微的疼惜，淡远的关爱和无声的表达。追求真爱和得到真爱都是幸福的，也都是要付出代价的。有时它离你很远很远，只要你懂它，它很快就回来到你的身边。有时它离你很近很近，伸手可及，如果你不懂它，它就会转瞬即逝。

她来到郊外，走进一望无际的田野。起风了，天空飘来一朵朵乌云，如丝的细雨轻轻洒落下来。蓦然，不知道从什么方向飘来了歌声：

　　　　风中有朵雨做的云
　　　　一朵雨做的云
　　　　云的心里全都是雨
　　　　滴滴全都是你
　　　　风中有朵雨做的云
　　　　一朵雨做的云
　　　　云在风里伤透了心
　　　　不知又将吹向哪儿去
　　　　…………

她的眼角滚落两串泪水……

　　　　　　　　　　　　　　　　2009年3月